ぼくは強迫性障害

筒美遼次郎

彩図社

はじめに

ぼくは30歳くらいの頃、強迫性障害という病気を発症し、それ以来いろいろと困ったことに悩まされてきました。

ご承知かもしれませんが、強迫性障害という病気は、パニック障害などに代表される不安障害の一種で、うつ病と似ている面もあります。病気の治療法や病気との付き合い方に関しては、不安障害全般やうつ病と共通する部分も少なくありません。

症状などについての概略は第1章に書きますが、「物事を確認する回数が異常に多い」「手の洗浄などに異常な時間がかかる」というのが強迫性障害の代表的な症状です。

ぼくが発症した頃は高校の教員をしていたので、何といっても授業をするのが大変になるという教員としては致命的な困難を抱えてしまいました。

ぼくの場合、強迫性障害の中でも確認強迫と言われるもので、生活の中で常識的に考えるとそんなに不安に思う必要がないことでも、同じことを何回も確認しないと気がすまない場面がとても多くなりました。授業をしていても、黒板に字を書くとそれが正しいかどうか何度も確認してしまい、そのためどうしても、スピード感に乏しいだるい授業になってしまって、生徒の評判はさんざんでした。

この病気は知名度があまり高くないためか、発症している人のことを周囲の人も自分自身も病気だと気がつかない場合が多いようです。

ぼくも、教員時代にはこの病気を発症していることに気がつかず、高校の教員を辞めた後に医者に行って初めて病気であることを知りました。それまでは「変な性格だなあ。困った性格だなあ。どうしてこうなんだろう」となんの情報も得られずに1人で困っていました。

自分で本を読んで主体的に治療に取り組むようになったのは、病気であることに気がついてからさらに数年経った後で、その時点から2~3年くらいで教員の仕事ができるまでに回復し、教職に復帰することができました。

教員を辞める前に病気に気づき主体的に治療に取り組んでいたら、かなり違った人生になっていただろうと思います。

この経験から「本書のような本が広まって、発症しているのに病気だということに気づかない人が減ってほしい。主体的な取り組みが必要なことを知ってほしい」と考えたのが、本書を書こうと考えたきっかけの一つです。

この病気はいろいろと患者自身が工夫して治療していけば、治るケースもかなり多いようです。でも虫歯とか骨折のように「医者に任せればそれですむ」というものではなく、完全に治らない場合に「病気とどうやって共生していくのか」という知恵も大切で、こういったところがこの病気とのつきあい方の難しいところです。

ぼくは、大学受験の時に「合格体験記」なるものを読んで、方法論を学んだり勇気づけられたりしました。強迫性障害のような患者による主体的な取り組みが大切な病気でも、大学受験における「合格体験記」と同じような「治療体験記」があると役にたつのではないかと考えたのが、この本を書こうと考えたもう一つのきっかけです。

最後に本書の構成を紹介します。

第1章には、筆者の体験談も交えつつこの病気の概要が書かれています。

そして第2章と第3章には、「病気を発症するまでと、発症した後の病気に悩まされていた時期」の体験が書かれていて、第4章と第5章には、「苦労してなんとか病気とつき合いながらこれをかなり克服し、再び教職に就いて働き始めるまでの時期」の体験が書かれています。

最後の第6章には、この病気の治療法及びこの病気とのつき合い方が書かれています。

全体を通して、強迫性障害の方だけでなく、それ以外の不安障害やうつ病の方にも役立てていただけたらという思いで執筆にあたりました。

この本が、患者やその周囲の人などが病気であることを意識するきっかけとなったり、治療や病気との共生について考えるためのヒントになれば、筆者としてはとてもうれしく思います。

ぼくは強迫性障害　もくじ

第2章　ぼくの強迫性障害体験記
〜こだわり君の登場

第3章　ぼくの強迫性障害体験記・その2
～こだわり君の巨大化

第4章　ぼくの強迫性障害克服記
～弱体化するこだわり君

第5章　克服後の生活と仕事 ～こだわり君との対話と共生

第6章　強迫性障害克服のための16の方法

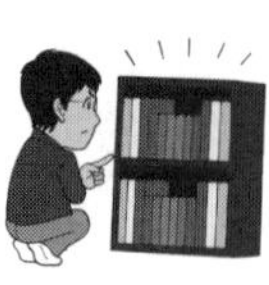

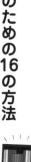

第1章　強迫性障害ってどんな病気？

ゴミ出しが大仕事だった頃

この本は、題名から推測できるように「強迫性障害」という病気に関する本で、この病気にかかったぼくの体験談が中心です。

強迫性障害という病名は、例えば「癌」とか「うつ病」なんかに比べるとあまり一般的には知られていません。１００人に２人くらいはいる病気なのですが、周囲に知らせない患者が多いことも知名度が低い原因になっているのだろうと思います。

なので、最初に強迫性障害という病気がどんな病気なのか、簡単に見ていきます。

具体的なぼく自身の症状から見ていきます。

強迫性障害の患者の中には、今まで出たゴミをすべてためておかないと気がすまないために、家がゴミ屋敷のようになってしまう人もいるようです。

ぼくにも似たような症状がありました。

さすがに「今まで出たゴミをすべてためておく」という極端なレベルではありませ

んでしたが、ゴミ出しをする時に必ず、「お前は大切なものをゴミとして出してしまいそうだ」「もう一度よく確かめないと取り返しがつかないことになる」という声が頭の中で聞こえてきます。

そして、その声に負けてしまい、もう一度ゴミ袋の中のゴミをすべて床の上にぶちまけ、一つ一つ、「これは、いらない」「これも捨てて大丈夫」としつこく確認してゴミ袋の中に結構な時間をかけて戻していました。

それが全部終わって、「よし、ゴミ置き場に持っていこう」と思うのですが、その時になると、またもや例の声が聞こえてきます。

「本当に大丈夫か」

「もしも大切なものを捨ててしまったら取り返しがつかないことになるぞ」

そんな声が繰り返し頭の中に響きわたります。

これらをうまく振り切って、うまくゴミをゴミ捨て場に持って行く行動に移れることもありましたが、もう一度ゴミ袋の中を点検する行動に戻ってしまうこともしばしばでした。

それから、うまくゴミ捨て場に持って行ったとしても、「もしこの袋に中に大切なものがあったらどうしよう」「とりあえず今日のところは捨てないで様子を見よう」

という例の声に負けて、持って帰ってきてしまうこともありました。

このように、「後で客観的に考えてみると、ほとんど心配する必要のないことを心配したりこだわったりしているのに、いざその時になると困った心理状態になってしまいおかしな行動を繰り返す」というのが強迫性障害の症状の特徴です。

普通の人がちょっと2~3回やればすむような行動を何度も何度も繰り返すのが、この病気の患者の変なところです。

さて、ここでこれまでのエピソードにそって、強迫性障害の症状を描写するのによく使われる言葉を見ていきます。

まず、「捨てようとしているゴミ袋が目に入る」「ゴミ袋を持つ」といったことを**先行刺激**と呼びます。

そして、その刺激を受けて「お前は大切なものをゴミとして出してしまいそうなのだ」「もう一度よく確かめないと取り返しがつかないことになる」という誰かが頭の中でささやく声を**侵入思考**と言います。

これが頭にこびりついて離れなくなると**強迫観念**になります。ぼくはこれに**「こだわり君」**とか**「こだわり君のささやき」**というニックネームをつけていました。

そして、そういう観念を打ち消すためにゴミ袋の中のゴミをすべて床の上にぶちまけ、すべて捨てていいものかどうかを確認する行動、これが**強迫行為**です。強迫観念を打ち消そうとして何度も繰り返し、繰り返すことによってかえって強迫観念がひどくなっていく、ドツボにはまってしまうような行動です。

なお、先行刺激・強迫観念・強迫行為といった言葉を知ったのは自分が強迫性障害という病気だとわかり、自分で本を読んで主体的に治療をはじめてからです。この頃はそんな言葉は知りませんでした。

お釣りをもらうのが怖い

小売店などで、「お釣りをもらうのが怖い」という状態になったこともあります。ちょうどの金額を払うことができず、現金でお釣りが出るような払い方をしてお釣りをもらうと、もらったお金を何度も何度も確認して財布の中かポケットに入れていました。

ですが、後で「正しい金額だったかな」「今頃店の人がお釣りを間違えて渡したと気がついて困っているんじゃないか。そのことが気になって仕事に支障をきたしているんじゃないか」などと悩んでしまいます。加害恐怖（↓P31）の一種と言えるのでしょうか。

そして、次に行った時、「こないだお釣りを間違えて渡しませんでしたか」と聞いて、「そんなことはないと思いますが」と怪訝な顔で言われて、なんとか安心していました。

なるべくクレジットで払ったり、お釣りのないようにちょうどの金額を払ったりして、お釣りをもらうという状況をなんとか避けようとしていました。でも、クレジットを扱っていない店で適切な小銭がない状況になるとなんともいえない嫌な気分になっていました。

それと、コンビニで公共料金を払う時ですが、店の人が支払のための用紙に3か所（客の控え・店の控えなど）にハンコを押しているかどうか必ず3回以上確認せずにはいられませんでした。店の人が店の控えの紙などにハンコを押して、それをしまおうとすると、「ちょっと見せてください」などと言って無理やり手元にたぐりよせ、ちゃんとハンコが押してあるのを何度も確認して、店の人から変に思われていました。「買い物をしたり公共料金を払うのでさえもそれなりに苦労があるとは、困ったもんだなあ」と我ながらあきれていました。

それから、ATMでお金をおろすのが苦手でした。おろすこと自体は普通にできるのですが、おろした後に「なにか落としたのではないか」という「こだわり君のささやき」が始まり、ATMの上とか前の床を何回も何回も確認していました。

また、スーパーで買い物をする時、かごの中のものを袋にいれてもらうと、いつも「これで全部ですね」と言っていた時期もありました。どういうわけだか、持ってきた商品がちゃんと全部袋の中に入っているか心配になるのです。いつも行っている小さなスーパーの顔見知りの店員からは、「なんでいつもそう言うんですか」と率直に感想を言われ、「いやあ、こういう変な性格なんですよ」と弁解がましいことを言っていました。

でも、これは、特に意識して止めようとしたわけでもないのにわりと短期間のうちにいつの間にか言わなくなりました。理由はよくわからないのですが、たまにはそういう場合もありました。

さて、今回のエピソードですが、やはり強迫観念や強迫行為が登場していて、強迫性障害の症状であることがわかります。

例えば、「『今頃店の人がお釣りを間違えて渡したと気がついて困っているんじゃないか。そのことが気になって仕事に支障をきたしているんじゃないか』などと悩む」のが強迫観念です。そして、「もらったお金を何度も何度も確認して財布の中かポケットに入れる」「次に行った時、『こないだお釣りを間違えて渡しませんでしたか』と聞く」などが強迫行為です。

家を出る時

　ぼくは、教員を辞めて本屋を経営していたことがあるのですが、その時期に教員時代よりもさらにいろいろな症状が現れてきました。

　どうも自営業という立場は、わりあいわがままが利いて強迫行為を行うことを強制的に妨げられる場面が少ないため、この病気にはよくなかったように思います。

　家を出る時に、戸締りの確認にかなり時間がかかるようになりました。

　何回確認しても、「ちゃんとできていなかったらどうしよう」という心配がなかなかぬぐえません。

　戸と壁の隙間から鍵がかかっているのが見えるのですが、それを「大丈夫1回、大丈夫2回、大丈夫3回」とか心の中で数を数えながら確認します。それが、3回数えても不安で後3回、それでも不安でまた3回とか何度も何度も続きます。３×３回確認すると、「合計9か、9という数字は不吉（「苦しむ」の9）なのでもう1回やろう」と考えます。そして、３×４回確認すると、「4という数字は不吉だから、もう1回確認しよう」と思ってまた確認したりしていました。そのうちに何回確認したかわからなくなり、パニックに近い状態になって最初からやり直したり、とにかく時間がかかります。

「確認する回数がそんなに大事なら、子どもの頃に学校で『不吉な回数は避けるように』みたいなことを勉強するはずだけど、そんなことは習っていない。こだわることはないんじゃないか」などと一応合理的に考えてもみるのですが、現実には、なかなかこの習慣はなくなりません。

また、夜は暗くて戸と壁の隙間から鍵がかかっているのを確認することができないので心配になり、鍵をまた開けてから再び「ガチャ」と閉めて、「よし、今『ガチャ』といった。これで大丈夫だ」などと確認するのですが、そうすると「今の音を聞いて、自分の部屋で飼っている犬が変に思わなかっただろうか」という変なことを考えて、またドアを開けて電気をつけ、犬の様子がおかしくないのを確認し、「まーI君（犬の名前）、行ってくるからね」とあいさつしてから、再び鍵を閉めて出かけたりしていました。自分でも変な行動だと思うのですが、なぜかそうせずにはいられません。

家のドアを開けてから、家の前の道を歩き出すまでに、10～20分くらい時間がかかることが頻繁にありました。

それと、前述したように家で犬を飼っていて、出かける前にエサと水をあげていたのですが、それにも結構な時間がかかっていました。エサや水をあげる前に必ず「お座り」と言って、ちゃんとお座りしないとあげないことにしていたのですが、時々ちゃんとお座りするのに時間がかかることがありました。

そして「犬がちゃんとお座りしないまま出かけると、縁起が悪いぞ」という「こだわり君のささやき」が聞こえて、お座りするまで出かけられなくなってしまいます。

幸い、なんとか毎回お座りしてくれていたので、それで何かに遅刻したことはありません。「いい犬でよかった」と言うべきでしょうが、結構苦しい思いをしていました。

さて、今回のエピソードにも、強迫観念や強迫行為が登場しています。

例えば、「(戸締りが) ちゃんとできていなかったらどうしよう」という考えが強迫観念で、何回も戸締りを確認する行為が強迫行為です。

それと、「確認する回数が4だったら不吉だ」とか「犬がちゃんとお座りしないまま出かけると、縁起が悪いぞ」といった、普通に考えるとどうでもいいようなことを未来の可能性とか運命などに変に結びつけて考えることを、**関係念慮**と言います。これは、合理的に考えると全然関係がないのに、関係づけて考えてしまうことを言います。一言で言えば「変に結びつけて考えること」で、迷信のようなものです。これも強迫性障害について説明する上で便利な用語です。

駅のホームにて

もう一つ例を挙げます。

かなり変な例かもしれません。

「駅のホームで電車を待っている時にカラスが『カア』と4回鳴いたので、『4は不吉な回数だから次の電車に乗るのはよそう』と考えて1本あとの電車に乗ることにした」という場合について見ていきます（確かに変な例ですね。でも、この病気について書いていくと、どうしても変な例ばかりが登場します）。

この場合に、実際にその電車に乗るのを止めて次の電車に乗り、後で調べてみたらその電車が事故を起こしたという事実などなかったと確認できた時、「全然必要のないことを心配していた」「すごい変なことを考えていたんだなあ」ということがわかります。

でも、次にまた同じような場面になると、「こないだはたまたま事故などなかったが、今度は違うかもしれない」なんて考えて、また同じような変な考えに囚われてしまいます。

ここが、強迫性障害のやっかいなところです。

この例だと、「駅のホームで電車を待っている時にカラスが『カア』と4回鳴いた」というのが先行刺激で、「4は不吉な回数だから次の電車に乗るのはよそう」という変な考えが関係念慮です。

ぼくも、この関係念慮に悩まされるタイプでした。「関係念慮行っても行わず」（「関係念慮が頭に浮かんでもいいが、それを気にする必要はない」という意味）と自分で自分にメールしたりして、これと闘っていた時期がありました。

今はかなり減ってきたし当時ほど深刻ではありませんが、それでもたまに少し出てきます。

三つの代表的な症状

ここまで、自分自身の症状を中心に見てきましたが、それ以外にも強迫性障害の症状はいろいろとあります。

洗浄屋・確認屋・迷信屋という愛称（?）で呼ばれる三つが最も代表的です。

洗浄屋の代表例は、汚れが気になって手を長時間洗ったり、シャワーを1日何時間も浴びたりする人です。

ぼくとは違うタイプなのですが、このタイプが強迫性障害の症状として一番有名で、患者の数も多いようです。『恋愛小説家』という映画で1日中手を洗う主人公をジャック・ニコルソンが演じていました。その主人公は、手を洗う時に毎回必ず新しい石鹸を使用し、一度使った石鹸は捨ててしまいます。また、レストランに行く時は必ず自分でフォークとスプーンを持っていき、レストランのフォークとスプーンは絶対に使いません。

かなり極端な例ですが、これもこのタイプの一例です。

このタイプの強迫観念のことを**洗浄強迫**とか**不潔恐怖**と言います。


確認屋というのはぼくもそうなのですが、洗浄屋の次くらいに多いようです。

確認屋の中で一番有名なのは、家の戸締りのことを異常に心配する人で、ぼく自身もすでに書いたようにこの症状がありました。戸締りが心配で家を出る時に何回も確認したり、数メートル歩いたところで不安になり引き返してまた確認したり、出かけてからも心配になって家族や管理人に電話して確認したりします。また、心配のあまり家に戻って確認する人もいます。

ひどい例だと、家のドア前から外に出て歩き出すまでに、何度も戸締りを確認し続けて30分くらいかかる、という人もいます。

ぼくは、タクシーに乗る機会があると運転手にそういう人がいるかどうか質問するのですが、「戸締りを心配して家に戻るのにタクシーを使う人はたまにいます」という答えが、かなりの確率で返ってきます。世の中には、確認屋さんが意外と多いのでしょう。

これと似たものでは、火の元の確認とかガスの元栓の確認などがあります。

これらのタイプの強迫観念を**確認強迫**といいます。

また、車を運転していて、ぶつかった感触がないのに誰かをひいたのではないかと心配になり、引き返して道路を長時間点検する人もいます。道路を確認するだけでなく警察に電話して事故がなかったか確認したり、新聞の社会面をすみからすみまで読んだりする場合もあります。

このタイプの強迫観念も確認強迫の一種なのですが、戸締りの確認をする場合などとは区別して加害恐怖と言うこともあります。

迷信屋というのは、縁起とか神様のことに変な形で異常にこだわる人です。

例えば、数に異常にこだわり、冷蔵庫の中の飲み物のビンやカンの数が奇数だとたまらなく不愉快になる人がいます。あるいは、確認強迫と結びついたものですが、何かを確認した回数が３回でないといけないと考え、「１回多めに間違えて、４回確認したかもしれない」と思うと、４は不吉だからそれを打ち消すためにもう一度３回確認する、ということを何度も何度も繰り返す人もいます（ぼくがこのタイプでした）。

有名な大富豪であり、強迫性障害を患っていたことでも知られているハワード・ヒューズは、「同じ指示を33回繰り返さないと何か恐ろしい事が起こる」と考える症状を持っていました。

数ではなく、色とか言葉にこだわる人もいます。

こうしたタイプの強迫観念を**縁起恐怖**といいます。

また、「神様を冒涜したのではないか、そしてそれによって罰を受けるのではないか」という心配をし続ける人もいます。

このタイプの強迫観念を**涜神《とくしん》恐怖**と言います。

これら以外の症状

強迫性障害の症状は、これら三つのタイプ以外にもいろいろとあります。比較的よく知られているものをいくつか見ていきます。

物をため込んで捨てられずゴミ屋敷の住人になってしまう、**収集強迫**というのもあります。これは、「必要がないものだから捨てていい」という確認がなかなかできないとも考えられるので、確認屋の仲間に入れることもできそうです。が、周囲から見るとかなり印象が違うし、実際違うと言えば違うところもあるので、**ため込み屋**というカテゴリーも考えた方がいいでしょう。

ぼくも、最初のエピソードに見られるように、そんなにひどくはなかったのですがため込み屋だった時期があります。

また、言葉の意味や文章の内容理解に異常にこだわる人もいます。少しでも納得がいかないところがあると文章を読み進められなくなります。そのため、勉強や読書に支障をきたします。

このタイプの強迫観念を**誤解恐怖**とか**間違い恐怖**と言います。

それから、物を秩序だって順序よく並べたり、対称性を保ったり、本人にとってきちんとした位置に収めないと気がすまず、うまくいかないと不安を感じる人もいます。

例えば、家具や机の上にある物が自分の定めた特定の形になっていないと、不安になり、これを常に確認したり、直そうとするなどの症状です。

これは、**不完全恐怖**と呼ばれています。

それから、今まで挙げたものとは少しタイプが違うのですが、**強迫観念のみの強迫性障害**というのもあります。

実際にはやってはいけないようなこと、例えば「自分の子どもを殺してしまうのではないか」といった強迫観念が頭にこびりついて離れないのが苦しい、という症状です。もちろん、実際にそんなことをするわけがないのですが、それがわかっていてもその強迫観念が浮かばないようにするのが大変な人がいます。

これも強迫性障害の仲間です。

他にもありそうですが、以上が比較的良く知られているものです。

第2章　ぼくの強迫性障害体験記
～こだわり君の登場

浪人生だった頃

この章から、原則として時間を追ってぼくの体験をたどっていきます。できるだけ強迫性障害という病気と関係のあることにしぼって書くようにしますが、あまりにもしぼりすぎるとわけがわからなくなってしまいそうなので、直接関係がないこともある程度は出てくるかもしれません。

明らかに強迫性障害的なことがあった一番初めは、大学受験のために浪人していた時でした。

当時も国立大学を受ける前に共通一次試験（現在のセンター試験）というのがあり、その試験が終わった後、数学の試験で解答用紙に書く場所を間違えたのではないかという疑念に、心が占拠されてしまいました。問題が大きな1番・2番・3番・4番とあったのですが、左上・左下・右上・右下の順に書いていく（正確にはマークシートを塗りつぶす）べきところを、左上・右上・左下・右下とやってしまったのではないかという疑いです。１週間くらいずっと、「ああでもないこうでもない」と非生産的になんとか思い出そうとしていて、なかなか二次試験の勉強が手につきませんでした。

これがたぶん、「こだわり君の初登場」と言っていいと思います。

あの時はかなり苦しくて、「気にしてもしょうがない、私大や二次試験の勉強をしなければ」といくら自分に言い聞かせても、「どうだっけなあ」と同じことを何度も何度も思い出そうとしてあいまいな記憶をたどり、どうにもやるせないような気持ちになって頭がおかしくなりそうになる、ということを繰り返していました。今だったら、森田療法（詳しくはＰ１９２）的に、「とりあえず気にしながらでもいいから、二次試験・私大の勉強をしよう。試験中の行動を気にするのと今やるべき勉強をするのと、両方同時にやろう」という方向でいくと思うのですが、当時はもちろんそんなやり方は知りませんでした。

でも、なんとか気になることを抱えながらも、私大や国立二次試験の勉強を行い、第一志望の国立大学には受かりませんでしたが、私大に受かり、浪人生活に別れを告げることができました。

その後10年くらいは、それほど強迫観念に悩まされることはありませんでした。

どうも、大学受験のような極度に緊張することがあるとよくないようです。

大学生～予備校講師時代

大学時代から予備校講師時代は、強迫性障害の症状はほとんどありませんでした。強迫性障害は、10代後半から20代前半くらいに発症する場合が多いようなので、ぼくのように30歳を過ぎてから本格的に発症するというのは、やや珍しいかもしれません。パニック障害の方は成人になってからの発症が多いようですが、ぼくのような人もそれなりにいることはいるそうです。

在学時代は、将棋に熱中して勉強や就職活動をおろそかにする困った大学生でした。ただし、「将来教育関係でやっていこう」ということは漠然と考えていて、教員免許（中学・高校の英語）をとりました。

大学を卒業した後、文系なのに大学院の修士課程まで進み、修士課程修了後も就職らしい就職はしないで、塾講師・予備校講師や家庭教師をして生活していました。一言で言えば、一般企業に勤めて新入社員として一から修業するのが嫌だったのだと思います。

その頃は、日東駒専（日大・東洋大・駒澤大・専修大がブランド校という意味）という言葉があった受験産業真っ盛りの時代で、東進ハイスクールの派手な宣伝が話題になっていました。当時は、ぼくでも家庭教師で時給８０００円をもらうこともあり、年収６００万～７００万円くらいもらっていました。家庭教師で年収１０００万円を稼ぐ人が１００人くらいいたという、今から考えると不思議な時代だったと思います。ただし、バブルの時代から少し時間が経ち、少子化の時代に入ってきて、「これからは受験産業もあまり儲からなくなる」とも言われていました。そんなこともあり、安定性を重視して公務員になることにして、ある自治体の教員採用試験を受けました。

ぼくが受けたのは、教員免許を持っている高校・英語でした。教員採用試験は、社会科や体育科は難しいが英語科はわりあいやさしいと言われていて、そのためでしょうか、うまく1回で合格することができました。

間違い恐怖に囚われ黒板に字を書くのが怖くなる

病気の症状が本格的に現れてくるのは、30代以降の高校の教員をしていた頃です。と言っても、それが病気だとは思っていなくて、「困った性格だな」「どうしようもないのかな」と思っていました。

高校の先生になって2~3年目くらいから、授業中に間違えて教えてしまったところ（わりあいどうでもいい細かいところが多い）をしつこく何度も訂正したりする変な行動が目立つようになっていきました。医学的に言えば、間違い恐怖という強迫観念にとらわれていたのでしょう。

授業中に何かミスすると、「ちょっとみんな聞いて。さっき○○といったけどそれは間違いで××です。○○といったけどそうじゃなくて××」といったことを何度も繰り返して言って、生徒からうるさがられていました。そんなに繰り返す必要がないことは重々わかっているのですが、その場になると不安に駆られて同じことを繰り返してしまいます。

その場でも「先生もういいよ」と言われましたし、登校途中や学校の廊下などでも生徒から「△△はもう言わないでいいよ」なんて言われたことを思い出します。

また、電車の中などで突然授業中に間違ったことを言ったのではないかという疑念（侵入思考）が頭に浮かび、次にそのクラスの授業に行った時に、何人か生徒にノートの前の授業のところを見せてもらい、前の授業で変なことを言わなかったか結構な時間をかけて確認するということもありました。生徒たちは当然、うっとうしい変な先生だと思っていたことでしょう。

また、休み時間中に前の授業で黒板に間違ったことを書いていないか気になり、教室に行って、消した黒板のチョークの跡が残っているのを一生懸命見て、生徒から「先生何やってるの」なんて言われたこともあります。

また、授業中に間違えるわけがないような当たり前のことを教えるのにも、念には念を入れてその場で電子辞書で調べてから教えたりすることもありました。とにかく、間違えるのが怖くて黒板に何か書くのが苦手でした。最小限のことしか書かないので、「あの先生は答えしか書かないので授業がわかりにくい」と思われていました。

それと、生徒の提出物を集めるのが苦手でした。正確には職員室に持って帰るのが苦手と言うべきでしょう。普通に考えれば落とすわけもないのに、集めたものを落としたんじゃないかと思って、振り返って何度も床を見ることが多かったと思います。

とにかく、後から考えると病気のせいなのですが、「授業をやるのが苦手」という教員にとっては最悪の状態に陥っていて、「情けないなあ。なんとかならないものか」といつも悩んでいました。

発症原因はなんだろう

強迫性障害を発症しそれがひどくなったのは、なんと言ってもこの教員時代です。のちに教員をやめて本屋を経営していた時代にもさらにひどくなっていくのですが、あえて数値化するとすれば、実感としては、一番ひどい時を１００％として70％くらいまでは教員時代に進行しました。

教員という仕事がよくなかったのか、公務員という立場がよくなかったのか、両方なのか、たまたま時期が重なっただけなのか、はっきりとはわかりません。

でも、うつ病と強迫性障害は両方とも、不安障害という仲間に分類されていて、薬物療法で使う薬も同じ場合が多く、似た病気であると考えられる場合が多いようです。教員にうつ病患者が多いところから考えると、「教員という仕事についていたことも発症原因の一つである」という気がしています。

教員時代、夏休みが明けて授業をしてみると、そんなに神経質に自分のミスなどにこだわることがなくなっています。でも、それも2～3週間くらいすると、また元に戻っているのですが、このことから考えてみると、ぼくの場合は教員の仕事も病気によくなかったかもしれません。

ただし、教員を辞めなければ治らなかったかというと、それは現在冷静に考えてみてもなんとも言えません。

教員時代に「自分は強迫性障害という病気である。ちゃんと治療しないといけない」と気がついて、認知行動療法やフォーカシングなどのやり方でキチンと治療していれば、教員を続けながらでも治った可能性もあると思います。

株と社債で大儲け

教員になって3年目くらいの時期に、神がかり的にうまく株及び社債で儲けたことがあります。その時期は、ちょうど強迫性障害が発症し始めた時期でもありました。

その頃は「中堅のゼネコンが倒産する」ということが盛んに言われていた時期で、もうすぐ償還期限（元本が戻ってくる日）がくる１００万円の社債が20万円台で売られていたり、額面割れ（50円未満）の株が結構たくさんあったりしました。

「そんなに、すぐに倒産するものだろうか」と疑問に思い、まずは社債を買うことにしました。当時、３月末に償還期限がくるフジタという会社の社債がその前年の11月に20万円台で売られていたので、それを三つ買いました。さらに12月、ボーナスをもらうと、その時は30万円台に上がっていたのですが、もう一つ買いました。

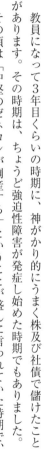

それでしばらく様子を見ていたら、償還期限が近づくにしたがってどんどん値上がりし、２月くらいには70万円台になっていました。

償還期限まで持っていれば１００万円になりますが、「償還を行う資金が足りなくて倒産する可能性がないとも言い切れない」と思いましたし、「これだけ儲かればいいだろう」とも思い、そこで売却しました。

その時点で、約90万円の元本が300万円くらいに増えました。

今度はその資金で額面割れして40円台だったフジタの株を5000株、同じく40円台だった日本国土開発の株を2000株買いました。

2か月くらい低迷していて、「これはあんまりうまくいかないかなあ。そろそろ売っちゃおうか」と思っていたのですが、少し様子を見ていたらある日突然株価が急騰し、両銘柄ともに1日で80円くらいになってしまいました。そこで売却し、600万円くらいになりました。

結果的に見ると、あたかも未来が予想できていたかのような買い方・売り方で、たった100万円くらいの元手で、約4か月の間に500万円ほど儲かってしまいました。

それまで株や社債など買ったことはないのに、どうしてあそこでそんなことを始めたのか、今でも謎です。

後の病気に気づいて治療していた時期に、心の病に関する本をいろいろと読み漁ったのですが、その中にミュージシャンの円広志さんの書いた『僕はもう、一生分泣いた―パニック障害からの脱出』という本がありました。その中に、病気になってから

「パチンコが神がかり的に強くなった」という記述があります。


店に入り、パチンコの台のレーンを見る。

すると、出る台が浮き上がって見えるのだ。その台に陣取ると必ず出る。スタッフと出かけて、浮き上がって見える台を探す。

「お前はあの台。君はこの台」

それが全部出るのだ。（『僕はもう、一生分泣いた』１１９ページ）

これとちょっと似た現象なのでしょうか。病気のせいで、まともなやり方で生活費を稼ぐことが難しくなると特殊な能力が現れるのかもしれません。

ただし、自分の場合、神がかり的にうまくいったのはこの1回だけで、その後も株式投資は続けていたのですが、うまくいきませんでした。

発症し始めた時期だけ特殊な能力が現れたのか、単なる偶然の一致なのか。そこは、もちろん正確にはわかりません。でも、それまで株や社債なんて買ったことがなかったのに、どういうわけか突然買おうと思い、しかもうまくいったのですから、やはり不思議なことだと思います。

パリの強迫性障害者

教員時代の後半は、夏休みや冬休みによく海外旅行をしていました。

一番印象に残っているのは、パリに旅行した時のことです。

その日は、飛行機に乗るのに夜の9時までに空港のカウンターにチェックインすることになっていて、昼間にまだ時間があると思ったのと、また天気もよかったので、劇場・観光の名所のムーラン・ルージュがある通りを散歩していました。実は、その通りはボッタクリの怪しい店があることでも有名なところだったのですが、ぼくは不勉強でそんなことは知りませんでした。

正確な金額は忘れましたが、日本円で3000円くらいの安い値段でストリップが見られる、と呼び込みらしき人に英語で声をかけられてストリップ劇場に入りました。

入ってみると客が全然いなくて怪しい雰囲気です。「やばいから逃げよう」と思ったその時、ガタイのいいひげ面の男（以下「ボッタクリおじさん」と呼ぶ）が近づいてきて、なかなかにドスの利いたゆっくり目のしゃべりでお金を請求してきました。

フランスなまりの英語はなかなかリアリティーがあり、「ああ、フランスに来たんだなあ」という実感がわいてきました。が、もちろん「実感がわいてきた」なんてのんきなことを考えている場合ではありません。

その金額は日本円で３万円くらいだったと思います。

「案内してくれた男は、それよりもずっと安い金額を言っていた」と日本なまりの下手な英語で抗議すると、「あの男はうちの店とは関係ない」と言いました。「ああ、フランス人にもぼくの英語は通じるんだ」と思い、そして「英語教師なのにそんなことで喜んでいてはいかん」とも思いましたが、やはりのんきにそんなことを考えていてはいけません。

ボッタクリおじさんは、料金が書いてある壁の表示を指さしました。

「この手口は、新宿の歌舞伎町のボッタクリとそっくりだ。フランス人だって日本人と同じようなことを考えるんだなあ」と感心しました。

こんな時に、そんなことに感心しているとは困ったものです。

「そんな大金はもっていない」と答えると、カードや現金がないか身体検査をされてしまい、そして銀行のカードを見つけられてしまいました。

「一緒にＡＴＭのあるところに行こう」ということになり、小さなナップザックを持っていたのですが、それを置いていくように言われたので、仕方がないから店にそれを置いてボッタクリおじさんと一緒に外に出ました。

外に出ると近くにＡＴＭがあったのですが、見えないふりをして１人で遠くのＡＴＭまでずんずん歩いて行きました。幸い、ボッタクリおじさんはついてこなかったので、日本円で１万円くらいおろして店に戻り、「これしか銀行にお金が入っていなかった」と言ってそのお金を渡してそれで勘弁してもらい、荷物を返してもらって帰ることができました。

帰る時その男は、「お前をこんなことで殺しはしない」と例のフランスなまりの英語で言いながらおどけてクビを切るようなポーズをとりました。本当は悪いやつなのですが、なんとなくユーモアがあって面白い人だったと思います。

それで一応、約１万円を取られたものの、なんとか無事に解放されたのですが、後で「取られた荷物は全部返してもらっただろうか」と不安になりました。

ナップザック一つ以外には何にも持っていなかったことはわかっていましたが、なぜかもう一度ボッタクリおじさんに「『荷物はあれで全部だったか。すべて返してもらったか』とどうしても聞かなければならない」という「こだわり君のささやき」に耳を傾けてしまいました。

パリの強迫性障害者（その2）

ボッタクリおじさんから解放された後はホテルに戻り、荷物をまとめて、宿泊代を払いました。

時計を見るとまだ3時半。飛行機が飛ぶ時間は夜10時で、9時までに空港のチェックインカウンターに着けば間に合います。

「まだ時間があるので、空港に行く前に博物館か美術館に寄って行こうか」とも思いましたが、相変わらず「ボッタクリおじさんにどうしてもあのことを聞かなければ」という困った考えは消えません。

「まあ、あの通りに行ってから空港に行っても余裕で間に合う」と思い、帰りの荷物を持って例のムーラン・ルージュのある通りに行きました。

相変わらず天気もよくなかなか賑わっている通りで、昼間から犯罪的なことをやっている場所には見えないのが不思議です。

ボッタクリおじさんは、通りに立っていました。店の中にいたらまたぼったくられたかもしれないので、後から考えるとこれは幸いでした。

英語であいさつすると、ボッタクリおじさんはお金を取り返しに来たと思ったらしく「お金はボスがもう持って行った」ということをにやにやしながら例のフランスなまりの英語で言っていました。

「わかったわかった。ところで、さっき渡された荷物はあれで全部か」と尋ねると、当然のことながら「もちろんそうだ」という答えでした。

その答えを聞いて、それに関しては納得し安心したのですが、「警察にこの事件を話したら、どんな対応をするだろうか。それを知ることができるチャンスは今日しかない」という新たなる「こだわり君のささやき」が頭の中に聞こえてきました。どうして突然そんな考えがうかんだのか、不思議です。「それにしても、こだわり君は変なことを思いつくもんだ」と感心しました。本当は感心なんかしていてはいけないのですが。

「そんなことがわかったって何の役にも立たない」と理屈ではわかっているのですが、どうも気になって仕方がありません。

時計を見ると4時半くらいでした。

「まだ間に合う」と思いタクシーに乗って警察に行きました。

窓口で事件について話したのですが、最初は英語が通じませんでした。「警察はホテルや空港などとは違うのかな。それとも話す内容がホテルや空港で話すような当たり前の内容ではないからなのかな」と考えましたが、そのへんはよくわかりませんでした。

そのうちに英語がよくできる警察官が来てくれて、だいたいの話は通じました。ひと通り話して、結論としては「1人の被害者の証言のみで直ちに店まで取り調べに行くということはしていない」とのことでした。

まあ、それでなければああいう店がのさばっているわけがないので、当然と言えば当然です。警察と店や店を仕切っている犯罪組織がグルになっているのか、それとも警察もそこまで手が回らないのか、またはフランスの法律だとその程度の証言では証拠不十分なのか。それはわかりませんでしたが、とにかく警察の方針はそういうことでした。

さて、とにかく知りたいことはわかったので、タクシーに乗って空港に行くことにしました。警察官とのやり取りで結構時間がかかり、警察を出るとき時刻は7時半頃でした。

タクシーがなかなかつかまらなかったことなどもあり、空港についたのが8時30分くらい。そして、空港に入ってからチェックインカウンターに行くのにかなり距離があって30分以上かかりました。これがぼくにとっては結構意外で、「広い空港だなあ」「広すぎるとかえって困ることもあるなあ」と思いつつ飛行機のチェックインカウンターに着いたのは9時10分ごろでした。

カウンターで日本人のグランドホステスと口論している日本人の家族連れが1組いました。ひさしぶりに日本人同士が日本語で話をしているのを聞くとほっとしますが、ほっとしている場合ではありません。

ぼくも一緒にお願いしてみましたが、最近では航空会社の対応が厳しくなり、1時間前までに来ないと飛行機には乗れないとのことで、いくら言ってもらちがあきません。駄目でした。

結局、切り替え手数料を3万円くらい払って新しい航空券をもらい、もう1泊宿泊料を払ってホテルに泊まって、翌日飛行機に乗りました。

結局、病気のせいで約4万円も余計にかかってしまいました。

その時は病気ではなく性格だと思っていたので、「困った性格だなあ。旅行に行くのにも向いていないのかなあ」と考えさせられました。

囲碁を始めました

教員時代の終わり頃、なぜか囲碁を打つのが趣味になりました。将棋が学生時代の趣味だったこともあり、その頃ケーブルテレビで「囲碁将棋チャンネル」をよく見ていて、時々将棋ではなく囲碁の回の放送もなんとなく見ていました。見ていると、将棋とはまた違った面白さがあります。

父親の趣味が囲碁で、中学生の頃に碁会所に連れて行ってもらったことがあったので、その碁会所がまだあるかどうか行ってみました。30年くらい経っていたのですが、その碁会所はちゃんとありました。

その碁会所で打ったり別の碁会所にも行ってみたりして、いろいろな人と打つようになりました。また、囲碁将棋チャンネルも、引き続き少しずつ見ていました。

後に、教員を辞めてからのことなのですが、インターネットで対戦できることを知り、それも始めました。わざわざ碁会所に行かなくても家で打てるし、碁会所よりもちょうど同じくらいの棋力の人と対戦しやすいので、あまり碁会所に行かなくなりました。

「幽玄の間」というサイトで打っているのですが、最初は初段くらいだったのがだんだん上がっていき、現在は5段くらいです。

ぼくの場合、長い目で見ると、囲碁が強くなればなるほど、病気もよくなっていくという関係があります。もちろん、もっと治療らしいこともいろいろやっていたのでたまたまなのかもしれませんが、病気の治療にいい影響を与えていた面もあったと思います。

囲碁をすることであれこれを思考をめぐらせ、思考欲という脳の欲望を発散する（満たす）効果があり、それが病気にいいのかもしれません。

犬を飼い始める

囲碁と共に、教員時代の終わりの方で始めたのが犬を飼うことです。

「動物と触れ合うことがうつ病にいい」と書いてある記事を、ネットなどで目にします。そして、それにはアニマルセラピーという名前がついています。

「強迫性障害にいい」というのは見たことがないのですが、ちゃんと言う事を聞くようにしつければ、支配欲を発散できる（満足させられる）という効果はありそうです（もちろん虐待はよくありません）。

強迫性障害は、「物事を完璧に把握したい」「完璧に清潔な人になりたい」といった、物事を完璧にコントロールしたいという一種の支配欲が暴走している状態と見ることもできるので、「支配欲をうまく発散させる」という治療法もありそうです。

長い目で見ると、犬を飼い始めてからだんだんと病気がよくなっています。でも、囲碁も始めたし、行動療法やフォーカシングなど強迫性障害を克服するためにやったことはいくつかあるので、犬を飼ったのが病気にどの程度の影響を与えたのかはよくわかりません。

ぼくが「どうやって強迫性障害を治したか」と聞かれれば、「主に行動療法とフォーカシングで治した」と答えるのが普通だと思いますが、学校の教員を辞めたことやその後になったこと、囲碁を始めたこと、犬を飼い始めたことなども、よくなった背景としては無視できません。

これらは、医学用語で「環境調整」と言うそうです（詳しくは第6章）。

もっとも、「学校の先生をやめなければ絶対に治らなかったか」「囲碁を趣味にしなければ絶対に治らなかったか」「犬を飼わなければ絶対に治らなかったか」などと聞かれれば、「そんなことはない」という答えになります。

でも、少なくとも「治りやすくなった」ということは言えると思います。

病気だとは気がついていなかった

教員時代は、これまで書いてきたようにいろいろな不都合なことがありました。「間違い恐怖」のせいで、授業の流れが悪く「あの先生の授業はわかりにくい」と思われていたと思います。

生徒の質問に答えるのも苦手で、答えたあと少ししてから心配になり、「さっきの質問にはこう答えたよね」とわざわざ生徒をつかまえて確認しに行ったりしていました。当然のことながら、生徒は「うざい」と思っていたようです。

また、生徒に配るプリントの汚れが気になって、原版を何回も修正液などできれいにし、コピー機のガラスを何度もよくふいてから印刷していました。また、クラスの人数分印刷してからそのプリントをもう一度見て、汚れが気になり印刷し直すということもよくありました。そのため、印刷物を作るのにものすごい時間がかかっていました。

試験問題を作るのはさらに苦手でした。

当時はワープロ専用機を使っていたのですが、ひと通りできると紙に印刷してみて、それを見て間違いがないかどうかチェックします。細かいところまで何度も見直さないと気がすみません。直したやつをまた印刷してみて、それをチェックし、というふうに何回も印刷してチェックします。

そして、全部のチェックした紙をとっておいて、すべてちゃんと保存できていないと、「あのバージョンはどこに行った。もしかして落としたやつを生徒が拾ったりしていたらエライことだ」と気になりしつこく探したりします。とにかく、完璧主義が激しく、しかも自分がやったことの足跡がちゃんと残っていないと気になり、膨大な時間がかかっていました。

印刷室で、試験問題を落としてもいないのに落としたのではないかと心配して、1時間くらいうろうろして何度も何度も確認したこともありました。あの時は、他の先生や副校長先生も印刷室に入ってきたので、かなり変に思われていたと思います。

でも病気だとは思っていなくて、「変な性格だなあ。教師には向かないのかな」というふうにとらえていました。一言で言えば、病気ではなく職業選択の誤りではないかと考えていたのです。実際かなり苦しく、「どうも教師は向いていないのかな。民間にもどったら、変わるかなあ」と思って退職してしまいました。

もちろん、職業選択の誤りが原因で病気になった、という可能性もあるので、「職業選択の誤り」という見方も絶対間違っているとは言えないのですが、「強迫性障害という治療方法がある病気だ」と教員時代にわかっていたら、かなり違った人生になっていたと思います。

退職原因は病気のことがかなり大きいと思うのですが、そればかりとは言えないところもありました。「教員時代にいろいろなことを学んだので、民間に行ってそれを商売に応用すれば結構裕福に暮らせるのではないか」という根拠なき自信もありました。また、公務員や学校の教員という立場がどうも窮屈に感じられていて、商店街のおじさんにあこがれていた面もあります。

教員という仕事が向いていないのか、公務員という立場が向いていないのか、高校という校種が向いていなかったのか、英語という教科が向かなかったのか、それらがいくつか組み合わさっているのか、そこはよくわからなかったのですが、「辞める」という結論は、今いろいろ考えてみても仕方がなかったようにも思います。

ただし、もしも病気だということに気が付いてちゃんとした治療をしていたら話は別なので、そこは残念と言えば残念だったとも言えます。でも、民間に戻ってみていろいろと勉強できたこと、わかったこと、楽しかったことなどもあるので、悪い面ばかりではありません。もしかしたら天国に神様のノートがあって、こういう人生を送ることがあらかじめ決まっていたのかもしれません。一言で言えば、「こういう運命だったのだ」と考えています。

病気の話に戻りますが、実際には、民間に戻ったからと言ってすぐには変わりませんでした。

それどころか、かえって、自営業になり強迫行為が許される場面が増えたために、ますますひどくなった面もあります。もっとも、自営業をしながら塾でもアルバイトしていた時期があるのですが、個別指導塾で教えていた時は、学校の教室で教えるよりも目の前の生徒の学習状況がよくわかり、それほど病気がハンディにはなりませんでした。

その頃は、何と言っても「自分が強迫性障害という病気である」「強迫行為はやればやるほど病気がひどくなる」ということを知らなかったのがまずく、状態は全然よくなりませんでした。

第3章　ぼくの強迫性障害体験記・その2
～こだわり君の巨大化

書店経営を始めました

高校の教員を辞め、「晴れて」と言ってはいけないのかもしれませんが、民間人となり、自営業者となりました。選んだ職種は書店の経営です。それと、しばらくして、アルバイトで塾の講師もするようになりました。

本を読むのが好きなことなどもあり、書店の経営はやりたかった仕事の一つでした。「本をよく読むことがいいとされている仕事と言えば、教師と本屋になるのだろうか。教師がだめなら本屋になろう」という、そんな意識でした。

ぼくが始めたのは、ブックオフと似た感じですがブックオフよりは小さい、比較的新しい本が置いてある古本屋（新古書店と言う）で、某フランチャイズの加盟店でした。ロイヤリティは月10万円かかりましたが、買い取ったのに売れない本は本部が買い取ってくれて、経営の相談にも乗ってくれます。

最初の頃はわりあい儲かっていました。オーナーであるぼくの利益が月に50万円くらいだったでしょうか。「この調子で3店舗くらいに増やせば、月収１５０万円くらいになる」なんて思っていましたが、それは2年～3年くらいしか続きませんでした。

　一般の人から買い取った本をインターネットで売るというやり方が収益の大きな柱だったのですが、そのうちネットオフやライブドアなどの大手で同じやり方をするところが出てきて競争が激しくなり、あまり高い値段で売れなくなりました。また、アダルトＤＶＤもかなり売っていたのですが、こちらも売上が減っていきました。そうした動画がネットで配信されるようになったためでしょうか。そのあたりのことは、はっきりとはわからないのですが。

　そういったことで売上が減っていき、オーナーの利益が月に50万円くらいだったのが、３年くらいの期間で10～20万円くらいに激減してしまいました。

　そのため、学習塾講師のアルバイトをするようになりました。

　ぼくの店は時給が安いので、店のアルバイトをクビにして自分が店に入るよりは自分も収入が増えるし、アルバイトの人たちも別の仕事を探さないですみます。

塾をくびになる

書店経営者時代の最初のアルバイトは、個別指導塾の講師でした。

１対１で教える塾で、生徒が問題を解く様子を見ながらうまくアドバイスしていくのが主な仕事で、これはわりあい強迫性障害という病気をかかえていても勤まりました。１対１なので生徒がちゃんとわかっていることを確認しながら教えられるのがよかったのだと思います。

ただし時給は１５００円程度と安かったので、そのあと集団指導のところにかわりました。

しかし、それが結果的に見ると裏目に出て、そこは1年でクビになってしまいます。その塾のその教室自体があまりうまくいっていなかったこともありますが、やはり病気が大きな原因だったような気がします。

集団指導になると、学校で教えていた頃のように、自分がミスをしたことや自分が喋ったことが本当に合っているかどうかが気になって、何度も同じことをしゃべってしまいます。

また、ミスをすることを恐れて、家で何度も確認してきた必要最小限のことしか教えなくなってしまいます。

それで、「あの先生は答えしか言わない」「あの先生の授業は面白くない」「あの先生のしゃべり方はくどくて嫌だ」というふうに生徒の評判が悪くなり、保護者からクレームが来たりして、1年働いたところでクビになってしまいました。

教員になる前に学習塾で教えていた頃は、まだ病気にもなっていなくてわりあい楽しく教えていたし、クビになるようなこともなかったので、「こんなものなのかな」「やっぱり病気のせいかな」と情けない気持ちでした。

心療内科に通いました

自営業者となって時間的に少し余裕ができたので、当時は自分の変なところを「病気ではなく性格ではないか」と思っていたものの、「一応医者に行って意見を聞いてみよう」と思い医者に行くことにしました。

少し時間が前後しますが、それは学校を辞めて自営業者となってすぐの時期でした。ネットで調べて、自宅の近くにある心療内科を見つけ、予約をとってから行きました。

いろいろと自分の変な性格や行動について話していくと、そのお医者さんは「強迫性障害」という病名を教えてくれました。そして、「１００人に２人くらいはいる一般的な病気です」という趣旨のことも言っていました。

今まで「変な性格だなあ。この性格は直らないのかな」と思っていたので、病気だという診断は意外でした。「病気だったのか。それは意外だ」と思い、そして「でもちゃんと病名がわかったのなら、治るかも」という小さな希望も出てきました。

それに、「１００人に２人」という数字も意外でした。心の病では、うつ病や精神分裂病（統合失調症）は知っていたのですが、強迫性障害という病名はその時初めて知りました。１００人に2人ということは学校の一つのクラスに1人くらいはいてもおかしくないということです。でも、自分の周りでそういう人は、当時も今も知りません。「本当はいるけどみんな隠しているのかな」と思いました。

その先生は、「セロトニンという脳内の物質が不足することが原因です。それを補う薬を出します」と言っていました。処方箋を書いてくれて、それを持って薬局で薬を買って飲み始めました。

飲み始めて1か月くらいして、ちょっとだけ楽になったような感じもしましたが、気のせいなのかどうかよくわかりませんでした。その後も飲み続けましたが、どうも効果が感じられません。

そのことをその医者に話したら「それでは薬の量を2倍にしましょう」ということになり、2倍の量の薬を飲むようになったのですが、それでもあまり効果がありませんでした。

今考えると、そのお医者さんは薬物療法しか行わず、行動療法や森田療法などはいっさい取り入れていなかったので、強迫性障害の治療には向かない人だったと思います。

ただし、そのお医者さんにもいいところはありました。

日常生活で強迫観念にいろいろと対処している時のことを話すと「それは合理的に考えるということですね」と返されたことがありました。これはなかなかいい言葉を教えてもらったと思います。現在に至るまで、この「**合理的**」という言葉は治療のために使っています。一時期、「合理的に考えよう」という内容のメールを携帯電話で自分から自分に送っていたこともあり、その後「**常識的**」という言葉も合わせて使うようになりました。

現在でも、朝布団から出る前に「今日も1日、そしてこれからもずっと合理的・常識的に考え行動する。だいたいでいいことはだいたいでいい。気にしなくていいことは気にしないでいい」と唱える日が週に5日くらいはあります。これが、結構役に立っていて、強迫行為が出てきた時にこの言葉を思い出してうまく切り抜けられる場面が時々あります。

それから、お医者さんに「気になることがあるとそれに囚われて、ああでもないこうでもないと考えてしまう」と言うと、「それは切り替えができない、ということですね」と言われました。確かに、「切り替え」というのも的確な表現だと思いました。また、「囲碁を打つのが趣味」という話をすると「それはいい」という感じの反応でした。先にも書きましたが、「思考欲を発散できる（満たせる）」とでも言ったらいいのでしょうか、囲碁を打つことで「強迫観念が生じ、くよくよ考えたくなる」という欲望をうまく発散している面があるような気がします。

「１００人に２人くらいはいる病気ですよ」「この病気の人の方がかえってうまくできる仕事もあるんです（たぶん会社の間接部門とか公務員のような立場の人が行う事務仕事のことを言っていた）」といったそのお医者さんの言葉も気が楽になりました。

なかなか聞き上手な人で、強迫性障害以外の精神疾患に対してはうまく治せる場合もあるのかもしれません。ですが、行動療法や森田療法、フォーカシングのことなどはいっさい言わず、薬物療法一辺倒だったので、強迫性障害の治療に関しては、不向きな人だったと思います。

結局、その医者には1年程度通っていましたが、行かなくなってしまいました。

もう1か所だけ別の医者にかかったのですが、初診の時の雰囲気ややりとりで「ここでも似たようなものだろう」と判断し、そこは1回しか行きませんでした。

その判断自体は、今考えても「正しかったのであろう」と思います。どうしてかというと、治療法として「薬をお出ししましょう」ということしか言っていなかったからです。

ただ、その後全然医者に行かなかったのは失敗でした。あきらめずにいろいろなところに通っていけば、たぶん行動療法や森田療法のことを教えてくれるお医者さんに出会えただろうと思います。

ちなみに、これまでに「行動療法」や「森田療法」、「フォーカシング」といった単語を何度か出していますが、前の二つについては第6章で、フォーカシングについては第4章及び第6章で紹介します。

商店会の不思議な会議

本屋さんになって、その地域の商店会に入りました。

入ってみて一番びっくりしたのは、会議のあり方です。商店会の会議は、学校の職員会議などに比べると、非常に愉快で牧歌的な感じでした。

最初は、「あんなことでよくちゃんと物事が決まるもんだ。不思議だなあ。それにしても変な会議だ」と思っていましたが、そのうちに「これこそ本当の意味で実務的・合理的な、なかなかいい会議なのかもしれない」と思うようになりました。

会議の様子を簡単に言うと、人のうわさ話などが7割以上、実務的な話は3割以下、という感じです。

例えば会議時間が夜の8時から10時までで、商店会の福引についての話し合いだとします。そうすると、8時から9時半ぐらいまでは、「誰々はこういう会議に出てこなくてけしからん」とか「誰々は入院していたが、こないだ退院して、会ったら元気だった」という話が続きます。

9時半くらいになり、そろそろあと30分くらいで会議も終わりだという時になって、誰かが「ところで、○○ちゃん、去年はこれこれはどうやってたっけ」と言うと、○○ちゃんが「確かこうじゃなかったっけ」などと言い、みんなは去年の時の記憶を甦らせます。そして、目ぼしいポイントをどんどんホワイトボードに書いていきます。それから、昨年の実施計画案を見て、人の名前が入っているところについて、「誰々は、今年もやってくれそうだ」「誰々は、病気だからだめだ、代わりは誰々にしよう」といった話もします。

そして、「それじゃあ、だいたい去年通りで大丈夫だな」と誰かが言って会議が終わります。

学校の職員会議とは大違いです。学校の職員会議では、「原案これこれ、理由これこれ、実施案これこれ」などのことが書いてある資料が配られ、それについて提案者が説明し、参加者が手を挙げて意見を言い、司会者が確認してまとめます。とても知的で一見効率的で、人のうわさ話なんかはめったに出てきません。

ただし、どちらがいい会議かと言えば、それぞれ組織のあり方からなにから全然違い会議の性質も違うので、基本的には両方とも今やっているようにやるしかないのだと思います。

商店会の会議も、ああいうやり方で現実にきちんと物事が決まるのだから、いい会議なんだと思います。人のうわさ話こそが大事なのかもしれません。

このことを中小企業で働いている知り合いに話したら、「そんなのはよくあることじゃないか」と言われました。それに対してぼくは、中小企業に勤めたことはないので「そんなものなのか」と納得するしかありませんでした。

もちろん、地方公務員の会議と商店会の会議は違います。地方公務員は自治体から給料をもらっていますが、商店会の人たちは、それぞれが独立自営業主です。だから、会議の性質・あり方は根本的に違っているはずなのですが、結果的に見るとどちらもそれなりにうまくいっています。

この時のことはとても印象に残っています。

公務員の世界から自営業（または、自営業及び中小企業の世界）にやってきたことをわかりやすい形で知らされた。ということなのだと思います。

では、違う世界に来たことが自分の強迫性障害という病気に与えた影響はどうだったのか。一見いい影響を与えそうな感じもしますが、落ち着いて振り返ってみるといい影響も悪い影響も両方あってなんとも言えないのではないか、という気がしています。

書店を経営していた時代には病気は全然よくならず、病気がよくなったのはその後の警備員になってからですし、長期的に見てどういう影響があったのかもよくわかりません。

それと、もう一つこの事例で考えられることがあります。

それは個人の頭の中の会議に関することです。

強迫性障害の人は、自分の行動を決めるための自分の頭の中の会議でも、あまり考えすぎないで、商店会の会議のようなやり方をとった方がいい場合が多いのかもしれません。

人間の頭は、進化の過程を見ると流行っている田舎の旅館みたいに建て増し建て増しで構築され、スッキリとした構造をしているわけではなく、いつも合理的に動くわけでもありません。あまりに知的すぎる意思決定の方法は、後でうまくいかなくなる場合が多いような気がします。少なくとも、自分の場合はそうです。

特に強迫性障害の人は、論理的な思考のみにこだわらず、直感的・常識的な見方を重視した方がいいのだと思います。

これは、第４章の後ろの方に出てくる「もう一つの原則」（Ｐ１４０）という項目の内容につながる考え方です。

本屋をやっていて困ったこと

本屋をやっていても、いろいろと病気のせいで困ることがありました。

例えば、夜中に店を閉めるのにものすごい時間がかかりました。店の鍵を閉めても、手でドアを開けようとガタガタやってみて開かないのを何度も何度も確認していました。

「閉めた」「大丈夫」「閉めた」「大丈夫」などと何回もぶつぶつ言いながら、30分くらいやっていたのではないでしょうか。「道を歩いている人にどろぼうと間違われないか」などと思いながら、ガタガタやっていました。

それから、自分がアルバイトと交代して店に入る時に、前の時間帯にいたアルバイトに同じことを何度も聞いて、うっとうしがられていました。

「○○は大丈夫？」

「大丈夫です」

「えーと、今大丈夫って言ったんでしょう」

「そうです。オッケーです」

といったやりとりが、結構な時間続きます。

くどくてやだなあと思う気持ちが積もり積もってなんとなくやる気がなくなっていった人もいたかもしれませんが、自分がオーナーなので、それでその時は通用してしまうのが、今から考えると「強迫行為を妨げることができず、病気によくなかった」ということだったのだと思います。


それから、買い取った本がなくなっていないかに異様にこだわっていました。「あそこに置いてある本は確かこないだからあるやつだよね」などの質問をバイトに浴びせ、前に見たやつがそのままそこにあるかどうかにこだわって何度も何度も確認することがよくありました。

それと、なかなか書類が捨てられませんでした。自宅でもゴミ出しが苦手だったのですが、それと同じでどうも「必要なものを捨ててしまうと大変だ」という恐怖があり、「不要な書類は捨てた方が整理できていい」とわかっていても、とりあえずとっておいてしまいます。そうして、いらない書類がどんどん増えていきます。

また、インターネット販売で売れた本を発送する準備に異常な時間がかかりました。間違ったところに送るのが心配で、何度も何度も住所氏名と中身が合っているか確認し、一度封筒に入れても、また不安になって出してみたりしていたからです。「ちゃんと入れた。ＯＫ、ＯＫ、ＯＫ、ＯＫ、ＯＫ」なんて確認するたびに「ＯＫ」という文字をいらなくなったレシートの裏などに書き続け、10回くらい書いてもまだ不安でさらに確認を続けたりしていました。

そんなこんなで、「教員以外の仕事をやったとしても、やはりこの病気である限りいろいろな不都合はあるんだなあ」としみじみ思ったものです。

車に乗るのが危険

当時は、車を仕事に使っていました。

「出張買取」という、本を売ってくれる人の自宅まで車で本を買い取りに行く仕事もあり、また、店内に置いておいても売れそうにない本を車に積んでブックオフなど他の業者に売りに行くこともあって、乗らざるをえません。

この、車に乗っている時にも困ったことがありました。

比較的高速（時速60～70キロくらい）で走っている時に限って、「走りながら目をつぶって10秒数えることができたらいいことが起こる」という「こだわり君のささやき」が頭の中で聞こえてくるのです。

しかたなく目をつぶって大急ぎで「イチ・ニー・サン・シー・ゴー・ロク・シチ・ハチ・クー・ジュウ」と頭のなかで数え急いで目を開けます。

すると「そんな急いで数えちゃだめだ。もっときちんとゆっくり数えよう」「そんなに速くない適当な速さで1から10まで数えないと、悪いことが起こる」という「こだわり君のささやき」が聞こえてきます。

それで、しかたないから信号などで止まっている時に目をつぶり1から10までゆっくり数えます。

すると、例によって「止まっている時じゃだめだ。走っている最中にやらないと意味がない」という「こだわり君のささやき」が聞こえてきます。

そこで、走っている時に、危険なので大急ぎで目をつぶって1から10まで数えると再び「そんなゆっくりじゃだめだ」という「こだわり君のささやき」が再び聞こえてきたりして、同じようなことが続き、目的地に着くまでにそんなことを延々繰り返して疲れてしまいます。

後に書店を廃業した時、車に乗る必要があまりなくなったので車検の時期に車を廃車にしたのですが、この現象はその時までしつこく続いていました。

今考えると、事故を起こさなくて本当によかったと思います。

「本探し」へのこだわり

ぼくは読書が趣味で、今もそうですが、当時も部屋中にいろいろな本が積んでありました。

そして当時、自分の部屋にいる時に、たまにあるはずの本が見つからないのを異常に気にすることがありました。

夜中に突然、「ところで○○という本はどこにあったっけ」と、今すぐに読まなければいけないわけでもないのにそういう考えが浮かび、なかったら大変だと思って必死に探し始めます。そして、見つからないと「あの本がないと困ったことが起こりそうだ」という「こだわり君のささやき」がなんの理由もないのに頭に浮かび、夜中にもかかわらず部屋の中をごそごそと探し続けます。うまいこと短時間で見つかることもありますが、見つからないと2~3時間くらい探し続けて疲れ切ってしまいます。

「もう1冊買えばいいじゃないか」「別にないからと言って困るわけでもない」といった常識的ないい考えも頭に浮かぶことは浮かぶのですが、「もしかしたら大事なところに線が引いてあったんじゃないか」「それはとても大事なことなんじゃないか」という「こだわり君のささやき」が頭に浮かび、なかなか探すことをやめられません。「明日も仕事があるんだし、こんなことは止めて寝た方がいい」「なければないで仕方がないではないか」と無理やり思い込んで寝るのですが、次の日の朝は異常に早く目がさめ、また探し始めます。「これ以上やっていると遅刻する」という時に初めて「前にも見つからないことがあったけど、別に困ったことなど起きなかったじゃないか」などと自分を無理に納得させて出かけていました。

忘れ物のチェック、手を洗った後など

その頃は、近所の飲み屋によく行っていたのですが、そこで上着を預かってもらうのに時間がかかっていました。

上着のポケットの中に何も入っていないか何度も確認していたからです。手で何回もポケットの中を探り、何も入っていないことを何回も確認してからでないと、上着を預けられません。

帰る時にも、忘れ物がないか自分のいた席とその下の床を何度も確認するので、かなりの時間がかかり、「今日も恒例の忘れ物をチェック」なんて飲み屋の人にからかわれていました。

それと、ハンカチ・ちり紙や財布などをポケットから出すのがどうにも苦手でした。公衆トイレや飲食店のトイレなどで用をたした後で、手を洗いハンカチを出して手をふく時なども、「ハンカチと一緒にポケットから大事なものを落としたんじゃないか」という疑念が心に芽生え、何度も何度も自分がいる場所の周辺の地面を確認せずには

いられなくなりました。

トイレで、おしりをふくのにも時間がかかっていました。紙にまったく何もつかなくなるまで何度も何度もふいてしまうので、毎回すごい量の紙を消費していました。

また、トイレで水を流した後、「ちゃんと流した、大丈夫」「ほんとに流した大丈夫」「大丈夫」「大丈夫」「大丈夫」と何度も何度も見て確認していました。手を洗った後も、蛇口のハンドルをちゃんとひねって水が出なくなっているかどうか、何度も確認していました。例によって「出てない、大丈夫」「出てない、大丈夫」「出てない、大丈夫」「よし3回確認した」などと心の中で一生懸命唱えながらやっていました。

これらは不思議なことに、外出している時、たとえば飲食店とか駅のトイレなどで起きていたことで、家のトイレではこんなことはしていません。どうしてなのでしょうか。今でもよくわからないのですが、もしかしたら、他人に迷惑をかけることに対して異常な恐怖心があったのかもしれません。

パソコンを使うのにも、普通の人よりも時間がかかりました。とにかく、一つの画面を閉じるのに、「これはもう見たから、閉じても大丈夫」「大丈夫」「オッケーだ」と何回も心の中で唱えないと閉じられませんでした。

これら以外にもいろいろとありましたが、だいたい代表的なものは書いたと思うので、これくらいにしておきます。まさに、「世に確認の種は尽きまじ」といったところでした。

日常生活全般にわたって、普通の人よりも確認するのに時間がかかるようなことがいろいろあり、とてもうっとうしく、主観的には「生きていくのが大変」という感じでした。もちろん客観的に見れば、世の中にはもっと深刻な心の病や肉体的な病を抱えている人はたくさんいるのかもしれません。

でも、「なんで自分は、いちいち、いろいろ確認しないと不安になるんだろう」と悩んでいました。

今考えると、この頃はまさに森田療法の「自己の苦悩をありのままに受け入れる」という考え方が必要な時期でしたが、そんな考え方など全然知りませんでした。

まだ、行動療法・フォーカシング・森田療法など後に役に立ったことはいっさい知らず、強迫観念に振り回される毎日でした。

営業譲渡

仕事の話に戻ります。

前にも書きましたが、自分の経営していた書店は、インターネット販売に力を入れていたのですが、次第にライバルが増えて販売価格が下がっていきました。また、時代的に町の本屋さんでは本自体売れなくなってきていたことも確かで、店頭でも売りあげが落ちていました。

そういうわけで廃業にしようかなと思っていたところ、フランチャイズ本部から、リサイクル書店をやっていて店舗を増やしたがっているという人を紹介されたので、これ幸いとその人に店を営業譲渡しました。店を売った価格は３５０万円で、商品やレジにある機械一式・本棚などの什器をすべて含めた価格です。その人は、その時すでに１店舗経営していて、２店舗に増やすことによって商品を融通し合ったりしてうまくやっていける、という見込みを持っていました。

その後どうなっているか興味があり、家からもすぐ近くなので、休日に時々その店がある町を散歩しています。

その町の書店業界は、自分がその店を譲ったあとの2年くらいの間に、同じ町にあるリサイクル書店が2店廃業になりました。そして、自分が譲ったその店は、普通の書店ではやっていけなくなったらしいのですが、半分以上をトレーディングカード販売のためのスペースにして生き残っています。

たまに店に訪ねていくと、オーナーがいる時もあり「この店、また買い戻さない？　1000万でいいよ1000万」と冗談交じりに打診されます。たぶん、あまり経営状態がよくないのだと思います。

町の書店は儲からない時代になったのでしょうか。自分自身も本を読むのが趣味なのですが、町の書店で買うよりもアマゾンで買う額の方が圧倒的に大きくなっています。その方が、読みたいテーマに関する本が簡単に見つかり便利だからです。

店については、「結果的に見ると意外とうまい時期に売ることができたのかなあ」という気がしています。

第4章　ぼくの強迫性障害克服記
～弱体化するこだわり君

自分に合う医者を探すべきだった

第3章で書いたように、医者に行ったことで自分が病気だということと、それに「強迫性障害」という病名がつくということなどがわかりました。これは確かに大切な第一歩だったと思います。

しかし、その医者に通っていて、治ることはありませんでした。

1年あまりで医者にも行かなくなり、絶対に治らないと完全に見切りをつけたわけでもないのですが、「かなり手強い相手なのかな。どうも治療方法がわからない。どこの医者に行っても同じかもしれない」といった感じで、治療はやめてしまいました。なんとか普通の社会的生活らしきものは送れたし、できる職業の範囲が狭くなり、仕事のやり方も普通の人とはかなり違うところがあるけど、「どうにも仕方がないのかな」と思っていました。

「医学部でちゃんと教育を受けた医者だったら治療方法は誰でもそんなに変わらないだろう」と思っていたのですが、後にそれが誤りだということがわかります。

後から本を読んだりネットでいろいろな情報を見たりしてわかったのですが、ぼくが住んでいる首都圏には比較的近い場所に強迫性障害の治療に関していい医者がいるようです。インターネットや本などで調べて、行動療法や森田療法で治療する医者のところに行っていれば、たぶんもっと早く治ったと思います。

警備員になろうと考えた

経営を立て直す自信のなかった書店は営業譲渡という形でうまく撤退することができました。その点は幸運だったと思いますが、でも、情けないことなのですが、その後何をめざそうという考えはありませんでした。教員に戻るのも強迫性障害という病気を抱えていては全然勤まる自信はなく、かと言って、それではどんな仕事をするのかということに関して何にも考えが浮かびません。

「我ながら困ったもんだなあ。まあ、病気なんだから仕方がないか」「でも、情けない話だなあ」「自分のことなのにこんなことでいいのかなあ。いいわけがない」なんて思っていました。

「とりあえず何かの仕事に就かなければ」ということでぼんやり考えていたら、週刊誌だか夕刊紙に中高年で失業した人が就く仕事として「飲食業か警備員」があげられていたのを思い出しました。

「飲食業よりは警備員の方がただぼんやり立っているだけという場面も多そうだし、

なんとか勤まるかな」

「強迫性障害でも通用するのは警備員の方かもしれない」

なんとなくそんな気がして、とりあえず警備会社の面接を受けることにしました。

どうして最初の面接は落ちたのかな？

そういうわけで、ネットの求人で見つけたT社という会社に電話をし、履歴書を書いて面接に行きました。

特に警備会社の面接ということは意識せず、これといった対策は立てないで行き、当時ぼくは髪の毛を茶色にしていたのですが、それもそのままでした。ただし、もちろん当然のことなのですが、一応ネクタイをして黒っぽいスーツを着て行きました。

面接では、「警備会社では信用を重んずるので前歴確認をしています。履歴書に書いてある過去5年間の経歴が正しいということを証言できる人はいますか」と聞かれました。

聞かれて困ったけれど、何にも答えないわけにはいかないので「基本的には自分1人で営業している自営業だったのでそういう人は思いつきません」と正直に答えてしまいました。

「誰かいませんか」と重ねて聞かれたけれど、すぐには思いつかなかったので、重ねて「大変申し訳ないのですが思いつきません」と答えました。

その警備会社からはその後連絡がなく、不合格になりました（不合格の場合は連絡しないと言われていた）。前歴のことが原因だったのかもしれません。あるいは、中年のおっさんが茶髪にしていてなんとなく印象が悪いので「どうも外見が気に食わん。怪しいところはないか前歴について聞いてみよう」となって、そこでどうもはっきりしない怪しい答えだったので不合格になった、というところなのかもしれません。

後に警備会社でアルバイトをしている友人にこの話をする機会があったのですが、その時の友人の話だと、「茶髪なんか『この次までにちゃんとしてこい』ですむ話で、それはやっぱり前歴のことじゃないかな」と言われました。

それも一理あるのですが、やはり茶髪なのをいちいち注意するのも面倒くさいから、できれば最初から茶髪でない人をとりたい、ということもあったのかもしれません。はっきりした原因はわからなかったのですが、とにかくT社は不合格だったので次のところを受けることにしました。

なお、この時は病気のことを悟られないよう、帰る時に忘れ物がないかしつこく確認したりすることはしないでちゃんと耐えたので、病気が原因で落ちたのではないと思います。

髪の毛を黒く染めて行ったのがよかったのかな？

次に受けたのは、ネット求人でS区の学校警備員を募集していたQ社でした。特に学校ということにこだわっていたわけではないですが、たまたまネットでいろいろ見ていて見つけ、「学校も懐かしいな」なんて思いながら、Q社を受けることにしたのです。

不合格になってばかりもいられないので、今度は髪の毛を黒く染めて行きました。また、前歴を証言する人について聞かれた時は、「長く働いてくれたアルバイトがいるのでその人に聞いていただければわかります。それと、同じ商店会に所属していた隣の店の人に聞いてもわかります」という答え方を用意していました。もちろん、前回同様、ネクタイを締めスーツを着て行きました。

面接は前のところに比べるととてもあっさりしていて、そんなに答えるのに困るような質問もなく、前歴確認の話も出ませんでした。警備員の仕事についてひと通りの説明があってから、「○月△日から4日連続で研修を受けて、○月×日から働くということはできますか」と聞かれ、「できます」と答えました。

明らかに、「やめようとしている人がいて、急いで代わりを探している」という雰囲気でした。

例によって帰る時には、何度も忘れ物がないか確かめたくなる「こだわり君のささやき」になんとか打ち勝ち、「失礼します」と頭を下げて（少なくとも主観的には）普通に部屋を出ることができました。

家に帰って少しすると電話があり、結果は予想通り合格でした。

やはり、髪の毛を黒く染めて行ったのがよかったのでしょうか。いろんな場面でよく言われることですが、外見が決定的に重要なのかもしれません。

それと、仕事を始めてからわかったことなのですが、Q社のS区にある支社で学校警備をしている人（約30人強）の中には、自分を入れて3人、元教員がいました。教員を辞める人というのは、他の仕事に比べてそんなに多くはないと思うので、わりあい高い比率だと思います。

雇う側としては、教員をやったことがある人の方がなんとなく学校のことがわかっていそうで、安心なのかもしれません。もちろん応募する側でも、教員経験者は自分と同じように「懐かしいな」と思って、他の仕事よりもこちらを選びがちなのかもしれません。

ところで、これは勤め始めて少し経ってからのことですが、学校警備をして生徒や教員の姿を見ているうちに、だんだんと、「また教員に戻りたい」という気持ちが膨らんでいきました。その意味でも、学校警備の仕事についたことは、自分にとって意味のあることだったと思います。

警備員の仕事の中で学校警備というのは、相当な少数派で、工事現場とか商業施設などが多数派です。

T社に落ちて、たまたま学校警備員の募集をしているQ社の募集が目に入り、受けたらすぐに合格したというのも、何かの縁だったのでしょうか。

やはり、自分の人生は学校というものに縁があるのかもしれないとも思えます。

学校警備とこだわり君

警備員をやっていた約2年間で、ぼくの病気はかなりよくなりました。厳密に数値化できることでもないのですが、自分自身の実感からすると警備員を始めた頃の一番ひどい状態を100%とすれば、その2年間（正確に言えば主に後半の1年あまりの期間）で30～40%くらいまで下がったと思います。そんなに困難を感じないで教員の仕事ができている今の状態が、実感としては20～30%程度ですが、ほとんどそれと変わらないくらいによくなりました。

医者には行かず、もっぱら本を読んだりネットで調べたりして独学のような形で取り組んだのですが、それが意外にもうまくいきました。もちろん、主観的には「自分なりによく研究してやってみたからうまくいった」ということなのですが、警備員という仕事も病気にはよかったと思います。学校の教員ほど対人関係でストレスがたまることもなく、自営業みたいにわがままが利いて強迫行為を妨げられる場面が少ないということもありません。

ごく簡単に警備員の仕事で求められていたことを自分なりに要約すると「ちゃんと上の人の言うことを聞いてきちんとした行動をしなくてはいけないが、教員ほど人間関係における能力を求められるわけでもなく、組織のあり方が軍隊風でわかりやすい」というふうになります。

それと、ぼくの担当していた学校の警備の仕事も病気の治療に向いていました。

ぼくが担当していた地域は、自然が豊かで閑静な住宅街でした。その場所に癒された面もあるし、警備をしていて出会う人も、小学生・中学生や生活にゆとりがありそうな専業主婦・お年寄りなど出世や金儲けとは違った価値観で生きている人が多かったので、仕事をしているだけで心の状態がよくなっていきました。きちんと挨拶をする中学生とか「じゃんけんで勝負しよう」なんて言う小学生の姿を、今でも思い出します。

これらのことが病気にとってよかったように思います。警備員として働く中で、心の状態がよくなるのと反比例してこだわり君は少しずつ小さくなっていきました。

軍隊には強迫性障害の人が少ない？

「軍隊には強迫性障害の患者が少ない」という記述をどこか（たぶん医者の作ったネットの強迫性障害に関するサイト）で読んだことがあります。

その理由として、「きっちりとした団体行動が中心で強迫行為を妨げられる場面が多いので自然と治ってしまう」ということが書いてありました。仕事の中で、自然に行動療法のようなことが行われる、ということだと思います。

ネットの情報はあてにならない場合もありますが、この場合は、自分の経験からしてもありそうなことだと思いました。

逆に、強迫性障害で知られている有名人には、大富豪ハワード・ヒューズやサッカー選手デビッド・ベッカムをはじめとして、非常識な強迫行為をしても許される立場にある一芸に秀でている人とかお金持ち・権力者などが多いようです。

「他にできそうな仕事が思い浮かばない」という情けない理由で選んだ仕事で、確かに仕事はそんなに難しくもないし大変でもなく、なにかの能力が身に付くということもなさそうな仕事でしたが、結果的に見ると、病気の治療の面ではとてもいい仕事につくことができたと思います。

でも、給料が少なかったので、ずっとやっていくのはきついと思っていました。実際、その頃同僚や先輩とそういった話になると、かなりの確率で「就職できなくて仕方なくやっている」ということをあっけらかんと語る人がいました。

上から目線になってしまうかもしれませんが、「なかなか正直な人たちだなあ」「自分はあそこまで正直になれないなあ」と思っていたことを思い出します。でも、自分の方が変にプライドが高く格好をつけていたのかもしれません。どっちがどうなのか考えてみるのも面白そうですが、まあ、頭の体操にしかならないでしょう。

歩くことさえ思い通りにいかない時もあった

警備員を始めて最初の1年くらいは、やはり病気のせいでかなりいろいろと困ったことがありました。後に述べますが、自分なりに治療を行ったり環境によって癒されたりして、1年くらいしてからだんだんと楽になっていくのですが、まず、警備員をやっていて困ることが多かった時代について書きます。

学校警備は、基本的には制服・制帽を着用し校門の前で立哨《りっしょう》（立っていること）していて、1時間に1回くらい学校の周りを巡回するのが仕事です。

立ちっぱなしで疲れるということを除けば特に大変なこともなさそうですが、立哨している時よりも、巡回している時に困ったことがありました。

何も落としていないのに「今なにか落としたんじゃないか」と気になって、地面を見ながら同じところをうろうろと歩いていることがよくあったのです。そして、「そんなことをしている自分の姿を誰かに見られておかしいと思われているんじゃないか」ということが気になって仕方がなくなり、まわりをきょろきょろ何回も見て誰も見ていないことをしつこく確認したりして、パニックに近い心理状態になったりしました。

「これも病気のせいかな」「困ったもんだな」「大丈夫だからもう行こう」なんて頭では思うのですが、どうも考えた通りにできません。「えいやっ。ものなんか落ちてない。落としたっていいじゃないか」などと心の中で掛け声をかけたりして、なんとかかんとか自分の中のこだわり君をだまして、巡回という仕事を続けていました。歩くことさえ一苦労なのだからまったく情けない話です。

「歩くことさえ思うようにできないのか。困ったもんだなあ」と自分自身にあきれていました。

家から外に出る場面が苦手

書店を経営していた時から続いていたことなのですが、朝、家から出るのに結構苦労していました。

今考えると、一度も遅刻しなかったのが不思議です。

自分で言うのも変かもしれませんが、とにかく戸締りに異常にこだわります。

鍵を1回「ガチャッ」と閉めても「今ちゃんと閉めたかなあ」「確かに閉めた。大丈夫だ」「本当に閉めたかな」「うん。大丈夫」などと何回か自問自答を繰り返し「でもやっぱり不安だ。もう一度やってみるに越したことはない」なんていう「こだわり君のささやき」に負けてついついもう一度やってしまいます。

そのうち腕時計を見て「こんなことをしていると遅刻してしまう」と思って、なんとか振り切って道路を歩き出すというのが毎度おなじみのパターンでした。

また、せっかく振り切って歩き出したのにしばらく歩くと「でもやっぱり不安だ。もう一度確認しに行くに越したことはない」という「こだわり君のささやき」が頭の中に聞こえてきます。

なんとか「こだわり君のささやき」に負けないようにして引き返さないですむことが多かったのですが、時計を見て、「今だったら引き返しても大丈夫だ」と思い引き返して戸締りを確認するという日も時々ありました。

「普通の人にはなんでもないようなことなのに、なんで自分はこんなことで苦労するんだろう」と毎日のように情けない気持ちになっていました。

道具小屋で昼食

学校警備員の昼休みは、12時から1時までの1時間というのが建前でしたが、実際には、午前中の警備が終わると副校長に報告しに行き、副校長がつかまらないと待っていたり、午後の警備が始まる前にも副校長に挨拶に行ったりといった時間もあるので、その時間を引くと45分から50分くらいでした。でも、それだけの時間があれば昼食を食べるには十分です。

昼食を食べる場所は、学校の敷地内にある薄暗い道具小屋でした。妙に落ち着く居心地のいい場所でしたが、暖房は小さなストーブしかないし、クーラーもなくて扇風機があるだけなので、夏は暑く冬は寒い場所でした。

昼は、そこで前の日にスーパーで買ったおにぎりを食べていました。

その部屋は、学校の中では唯一タバコが吸える場所で、年配の男の主事さん（昔風に言うと用務員さん）と喫煙の習慣のある男の校長先生がよく来ていたのですが、これがどうも気を使いました。

一番うっとうしかったのは、昼休みに食事をしている時に校長先生から「これこれの場合はどうする」なんていう仕事に関する質問をされた時です。

その頃、S区では犯人が近隣の住民を刺してから刃物を持ってその住民の家に立てこもり、自分も自殺するという事件がありました。

それについて校長先生から「もしこの近くでそういう事件が起きたらどうする」と問われました。

ぼくは、昼食を食べている最中であまり頭が働いていないこともあり「それはどうすることもできません」ととても端的で正直な答えを言いました。

すると校長は不機嫌になり、「そういう場合、生徒の安全を考えてどう行動しなければならないか、と聞いているんだ」と少しいらいらしている様子で言いました。

ぼくが「そういう場合は学校側の指示に従って、広報や誘導を行います」と言うと、校長から「ほら、そうだろう。全然問題意識がない」と怒られました。

どうも答え方が雑だったかもしれません。

似たようなことを言うのでも、「こないだの事件を受けて、教育委員会などの教育行政の側と警察側で同じような事件が起きたらどう対処するかという話し合いがなされ、その内容を受けて、教育委員会からうちの会社の方に、『その場合警備員はこうしてほしい』という指示があるのだと思います。それがわれわれに伝えられると思うので、それに従っていきたいと思います」といった答えがいいのでしょうか。まあ、でも、昼ご飯を食べている時にいきなり難しそうな仕事の話をされてパッと的確な答えを言うのは、自分には難しいことだと思いました。

もっとも、こういう質問に答える必要があるのはこの学校だけです。他の学校では、警備員が昼ご飯を食べる場所と校長がタバコを吸いにくる場所が同じということはなく、校長と話をすることもほとんどないようでした。

運が悪かったというべきか、勉強になってよかったというべきかわかりませんが、校長と話をしなければいけないのは気を使いました。

「あの時校長先生にあんなことを言ったけど、あれは失礼なことを言ったんじゃないか」「言葉遣いが悪かったんじゃないか」などと考え出すときりがありません。

「まあ、校長先生の方が立場が上で、気に入らなかったらすぐに注意したり怒ったりできるのだから、なんにも言われなかったということは、大丈夫なんだ」と考えることにして、できるだけ気にしないようにしていました。

おにぎりの包みへのこだわり

さて、その道具小屋における昼食に関してなのですが、ここにも病気の影響が見られました。当時ぼくは、昼食はスーパーマーケットで買ったおにぎりをレジ袋に入れて持って行って食べていました。

正確に言うと、前の日にスーパーでおにぎりを5個買っておいて、朝に家か電車の中で2個、昼休みに3個食べていました。

それらのおにぎりは、ひものようなものを引っ張って包装フィルムを二つに裂いておにぎりを出すタイプなので、おにぎり一つに対し、裂かれて二つになったおにぎりの包装フィルムが発生します。

そして、ぼくはその包装フィルムがおにぎりを全部食べた時点でちゃんと2×5＝10あるかどうか3回くらい数えて確認しないと気がすみませんでした。

たいていはちゃんと包みゴミが10個あるのですが、何回かどうしても9個しか見つからない時がありました。たぶん、どこかに落としたりしたのでしょう。

その時に、なんとも言えない嫌な気分になり、何度も何度も探していました。たぶん主事さんや校長先生は、「なにをごちゃごちゃ探しているんだろう」と変に思っていたでしょう。「そんなものなくたって死にゃしない」「何の不利益もこうむることはない」と理屈ではわかっているのですが、探すのをやめるのにひと苦労でした。なくたってなんにも困らないものなのに、どういうわけか見つかるまで徹底的に探そうとするのです。

何回探しても見つからなかったけど、昼休みが終わって警備再開の時間になり、仕方なく「えいやっ」と思い切って中止していました。

「仕方なく」というのが良かったのだと思います。「仕事の都合でどうしても強迫行為を止めなくてはならない」という場面に出合うことで、それが行動療法と同じ効果をもたらしていました。

これとやや似ているのですが、爪を切る時、切りくずが、例えば両手を切った時なら10個あるかどうか数を勘定して、もし9個しかないと「どこにいったんだろう」と真剣に探し始めるという行動もありました。

「そんなものなくたっていいじゃないか」と頭ではわかっていても、あきらめて探すのをやめるのに時間がかかっていました。

警備報告書の提出が大の苦手

学校警備の仕事をしていて一番苦手だったのが、警備報告書の提出です。

警備報告書というのは、毎日副校長に提出してハンコをもらうＡ４の紙で、「何時何分校門前に立哨」「何時何分外周巡回」などといったことをずらずらと10行くらい書いて、自分の名前を書きハンコを押したものです。カーボン複写式になっていて、複写された方を学校側が保管し、１枚目に副校長か他の教員か事務職の人のハンコを押してもらってそれを会社に提出します。

形式的なことで、後で調べるようなこともまずないのですが、それはちゃんとわかっているのに、どうも神経質になっていました。

まず、字がちゃんと読めるように書いてあるかどうかが心配で、自分で納得できない字があると書き直していました。また、ハンコも少し曲がっていたくらいで、もう１枚書き直してもう一度押していました。

「そんなことくらい誰も気にしない」とわかっていても、どうも気になって、自分で納得がいくまで何度も書き直したりしていました。

また、副校長に提出する時も、提出する瞬間に不安を感じ「すいません、ちょっと見せてください」と言ってハンコがちゃんと押してあるか神経質に確認してしまいます。

副校長がイライラして「もういいだろう」なんて言うこともありました。

また、副校長が机にいない時は事務職の人か他の教員のハンコをもらって副校長の机の上に置いておくのですが、その時も、「ちゃんと置いてあるＯＫ。ちゃんと置いてあるＯＫ」と5回も10回も確認して、帰ろうと2～3歩歩いたところで不安になって引き返しました確認したりしていました。その時職員室にいる教員は、「どうもあの警備員は神経質で気になる行動をするなあ」と思っていたかもしれません。

副校長の机の上をじっと見ているので、どんな書類が置いてあるか好奇心から見ているのではないかと疑われたのでしょう。その場にいた先生から「何か探し物ですか」なんて言われて、あわてて「なんでもありません」と言い逃げ帰るように出ていったこともありました。

「紙きれ１枚出すのにこんな苦労するとは、困ったもんだなあ」と自分でもあきれていました。

「だって、子どもたちが可愛いじゃありませんか」

そういった困ったところもありましたが、学校警備では、特に学校の周りを巡回している時などに、楽しいことがいろいろとありました。

小学校の校庭が見える道は、なかなか人気があり散歩する人が多く、これは、学校警備の仕事に就いてから初めて知ったことでした。

立哨や巡回をしていて出会うのは、おじいさん・おばあさんか、小さい子どもを連れた（たぶん）専業主婦が多く、犬を連れている人もわりあい多かったと思います。

ぼくが警備を担当していたT小学校の周りを散歩する人は、なぜか女性が多かったです。たまたまなのか、地理的な理由なのか、ほかに何か理由があるのか、そのへんはよくわかりませんでした。

なお、T小の場合は私立幼稚園のスクールバスが停まる場所が学校の周りにあり、朝9時くらいに巡回していると、かっこいい制服を着た小さなお子さんとその親が、バスが来るのを待っている姿に遭遇しました。付き添っている大人は、親ではなく、おじいさんかおばあさんのこともありました。

当然のことなのですが、晴れていて、気候のよい春や秋の方が散歩をしている人は多く、そして、一番散歩する人が多いのは、なぜか春ではなく秋の落ち葉が舞う頃でした。

ぼくの感覚では、学校警備の仕事を一言で言うと「日本の四季を感じることができる仕事」です。夏や冬の暑すぎたり寒すぎたりする時期に長時間外で立っていなければならないのは困ったものだけど、1年通してみれば、いろいろな季節に出合えて幸せな仕事でした。

もちろん、そこには日給が安いという大きな問題点があるのですが。

T小学校では、巡回している時に時々、歩道から校庭を見つめているおばあさんに出会いました。小柄で穏やかで上品な人で、学校の午前中の休み時間の時間帯に出会うことが多く、たぶん、その時間帯を選んで散歩していたのだと思います。

「今日もお会いしましたね」

「いつもご苦労様」

「いえいえ、これが仕事ですからね。まあ、こんな環境のいい場所を散歩してお金がもらえるんだから、運がいいと思ってます」

「私は、この場所に来るのが大好きなんですよ」

「そうですか」

「だって、子どもたちが可愛いじゃありませんか」

そう言う時の、おばあさんの心から愉しそうな笑顔は、毎回、なんとも言いようのない素晴らしさでした。「これぞ、日本のおばあさん」と言ったらいいのでしょうか。思わずかけ声をかけて拍手したくなりますが、変な人だと思われそうなのでさすがにそれをやったことはありません。

ぼくはそのおばあさんの大ファンで、会うのを楽しみに仕事をしていました。


また、同じT小の校庭が見える歩道では、乳母車に乗っている子ども2人と、よちよち歩きの子ども1人を連れて校庭を見ているお母さんにもよく会いました。やはり上品で穏やかな人で、小柄でメガネをかけていました。

初めて会った時、思わず「何歳ですか」「まだ、学校には行けなくて残念ですねえ」という声が、そんなこと特に言おうとも思っていなかったのに、どういうわけか自分の口からこぼれていました。

「こちらの2人は双子で、まだ、2歳です。こっちは3歳です」と教えてくれました。双子の子たちは、お揃いのお洋服を着て、乳母車の中ですやすやとお休みしています。歩いている子は、何が楽しいんだかわかりませんが、ニコニコと笑顔を浮かべながらちょこちょこ動き回っていました。

週刊誌か新聞で、「日本で一番幸福を感じているのは、30代の専業主婦」という記事を見たことがあるけど、このお母さんの様子や表情を思い出すと、それもわかるような気がします。

なかなか人気のある親子で、いろいろな人から「可愛い子どもたちですねえ」などと声をかけられていました。

この仕事は、こうした対人関係で癒される場面が多く、それによって病気がよくなっていったという面が確かにあったと思います。

一言で言うと、接する人があまり金儲けとか出世とは関係なく生きている年配の人とか主婦などが多かったのがよかったのでしょう。

「とっちめてやる」

もう少し心が癒された場面を紹介します。

T小学校の校門前に立っていると、道を歩いている人に声をかけられることがよくありました。声をかけてくれるのは、比較的年配の人が多かったと思います。

T小学校の校門の前の道は、そんなに車が通らない裏道なのだけど、比較的広々としており、校庭が見えるし、緑が豊かでいい散歩コースでした。

ぼくが勤めていた時には、1か月に1回くらいは必ず声をかけてくるおじいさんがいました。

「私はこの学校の2期生なんだ」「私がいた当時は、校庭はこんなに広くなくて、今校庭があるところの真ん中を道が通っていた」「私がいた頃は、1クラス60人くらいいた。今の先生は生徒の数が少なくて楽だ。昔の先生は大変だった」「水泳をしに近くのT川まで行っていたが、ある時おぼれた子がいて、T川の水泳はそれ以来やらなくなってしまった」……などなど、その方は昔の話をよくしてくれました。

毎回ほとんど同じ話をするのだけど、何度聞いても楽しかったです。あのおじいさんは、今でも元気で、ぼくの次に来た警備員にも同じことを話しているのでしょうか。ああいう人には、長生きしてほしいなあ。

そう思います。

T小学校の校門前では、ほかにも何人か年配の方が声をかけてくれました。その場所は、なぜか、おばあさんよりもおじいさんに人気があるようで、おばあさんよりもおじいさんの方が多く歩いていました。

散歩をしながら「ご苦労様」「いつもずっと立っていて大変ですねえ」など、一言か二言だけ声をかけてくれる人が大多数でした。でも、たまに自分なりの主義主張を言う人もいました。

ある時、O小学校の校門前に立っていたら、声の大きい元気なおじいさんが話しかけてきました。年は65~70くらいだったでしょうか。少なくとも後期高齢者ではなく、「まだまだ若くて元気なおじいさん」という感じの人でした。

「いつも、この場所に犬のふんが落ちている。まったく飼い主としてのマナーが出来ていない」

そう言われてみると確かに、以前から校門の前に犬のふんが落ちていることが多かったです。

誰かが、「犬のふんは持って帰ってね」という張り紙をしてくれたのですが、それでも相変わらずふんはなくなりません。

なぜなのか、不思議と言えば不思議ですが、その校門は校舎の南にあって陽あたりがよく、裏道にしては道幅が広く、校門の前も広々としていて、犬にふんをさせるには絶好の場所だったのかもしれません。特に学校に恨みがあるとか、そういうわけでは、もちろんなかったのだろうと思います。

ところで、ぼくはその時、どういうわけだか突然子どもの頃の話がしたくなりました。我ながらへそ曲がりだと思うのですが、言いたいものは仕方がありません。

「私が子どもの頃は、道を歩いているとそこいら中に犬のふんが落ちていて、友達同士で『ウンコ踏んだ』なんていいながら学校から帰ったものです。最近はマナーがよくなってきて、ほったらかしにする人の方が珍しいみたいですね」

それに対して、そのおじいさんは「まったくマナーができていない。見つけたらとっちめてやる」と言っていました。

「でも、どうしてこの場所が、犬のふんの場所によく選ばれるんでしょうかねえ」

「見つけたら、とっちめてやる」

「ふんをするのはどんな犬だか知ってますか」

「絶対にとっちめてやる」

おじいさんは、どういうわけか「とっちめてやる」というフレーズが気に入ったようで、何を話しても同じフレーズが繰り返されます。

今風に言えば「熱く語る人」、昔風だと「単細胞」と表現できるのでしょうか。「単細胞」はバカにしているみたいなので「燃える男」の方がいいかもしれません。とにかく、正義感あふれる立派な人で、ぼくはこういう人が好きです。

でも、学校の行事とか教師や生徒などのことなどではなく、犬のふんのことを学校の警備員に対して一生懸命話すというのも、ちょっとずれているような気もします。他に話す人がいないのでしょうか。

ところで、「とっちめてやる」というのは、具体的にはどういうことをするのでしょうか。それが、どうも見当がつきませんでした。ぼくは、そのおじいさんが、犬にふんをさせてそのまま行ってしまう人に会ったら、どうやってとっちめてやるのか見てみたい気がしていました。

そのおじいさんだったら、結構ちゃんと言うべきことは言うのかもしれません。でも、相手にもよるのかもしれないけど、意外と紳士的に注意するような気もします。

結局、そういう場面に出合うことはなかったのが、とても心残りです。

ぼくはああいうおじいさんが大好きで、毎回話をしているとほのぼのとした気持ちになっていました。こういう人と触れ合うことで、心の病が良くなっていったのだと思います。

心がけと言うと大げさですが、**「日常の業務の中で出会う小さなことにも楽しみを見出していこう」**というスタンスで仕事をしていたのがよかったのかもしれません。

「がんばれモンシロチョウ」

巡回の時などに出会う地域の人とのやりとりもなかなか楽しいものでしたが、小学校の校庭を見ることでもいろいろと癒されることがありました。

その小学校では、校庭の片隅に超小型の農園があり、教科で言えば、「理科」か「生活」になると思うのだけど、種まきや収穫などの体験的な学習ができるようになっていました。

秋晴れのある日の午前、巡回していて農園の前を通ると、若い女性の先生と生徒たちが農場にやって来るところでした。

先生は、小さなかごを持っていて、生徒たちは子どもにしてはやや複雑な表情をしていました。小さい子どもたちだったのでたぶん2年生くらいだと思います。今は1～2年生だと「理科」の時間はないので、「生活」の時間だったのかもしれません。

生徒たちが全員農場の前に着くと、先生は、みんながいることを確認してから、「それじゃあ、今から放すよ」と言って、ゆっくりかごの扉を開けました。

中からモンシロチョウが出てきて、ゆらゆらと1メートルくらい飛びましたが、失速して地面に落ちてしまいました。

意外な結果に子どもたちはあっけにとられていたけど、その後、「がんばれー」「がんばれ、モンシロチョウ」と口々に叫び始め、先生は黙ってモンシロチョウを見つめていました。

すると、モンシロチョウは、もぞもぞという感じで少し動きました。

「がんばれモンシロチョウ」

さらに生徒たちが叫び続けると、モンシロチョウは、羽を開いたり閉じたりしながら、歩いて10センチくらい移動しました。なんとなく、もう少し応援すれば飛べそうな雰囲気でした。

「がんばれモンシロチョウ」

生徒たちの声援がいっそう大きくなった時、モンシロチョウは再び宙に浮かびました。今度は順調に空に舞い上がり、ゆらゆらと円を描いて飛行しました。まだ、少し蛇行していて危なっかしい感じもありますが、だんだんとしっかりとした飛び方になっていきます。そして、その後、遠くに飛んでいって見えなくなりました。

「万歳」なんて言う子はいなくて、みんな無言。さっきまでの口々に励ます様子が嘘のように静かになりました。

生徒も先生も、ほっとしたような、寂しそうな、すがすがしい表情を浮かべていました。

クラスで飼っていた幼虫が、サナギになり、蝶になって、かごに入れたままではかわいそうなので放すことにしたのでしょう。

「小学校というのは、こういうことをする場所だったのか」

その時ぼくは、小学校というものを再発見したような気がしました。

自分が小学生だった頃に、学校でああいう体験をした記憶はありません。自分の記憶が正確かどうかはわからないのですが、ある程度は頼りになるとすれば、学校の役割というのが変化してきているのかもしれません。

小学校１〜２年の「生活」の時間なんていうものは、自分たちの頃はありませんでしたが、家に帰ってカバンを置いてから、友人と虫を取りに行ったりした記憶はあります。逆に、学習塾に行く子は今ほど多くなく、机の前に座ってやる勉強は、家でやる宿題なども含めると圧倒的に学校中心でした（一部の中学を受験した子を除く）。

小学校を再発見したというよりも、「最近の小学校がどんなものなのか目撃した」とでも言う方が正確なのでしょうか。

とにかく、ぼくはその時、

「小学校というのは、いいところだなあ」

「小学校の教師というのは、やりがいのある立派な仕事だなあ」

と思いました。

そして、自分の心が柔らかく強くなったような気がして、「こういう感動を積み重ねていけば、自分の心の病も消えてくれるんじゃないかな」と思いました。

強迫性障害の本を発見

警備員を始めて半年くらい経った頃、たまたま朝日新聞を読んでいて1面の下の本の広告欄に『強迫性障害の行動療法』という文字を発見し、これが大きな転機になりました。

この本自体は値段が高く専門書に近い本だったので、その後ずいぶん時間が経ってから買ったのですが、行動療法という言葉を知ったことや、強迫性障害に関する本があるとわかったことが大きな収穫でした。

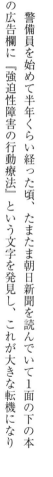

「はて、あの医者は行動療法なんていうことは言っていなかった。薬を出してくれるだけだったけど医者によって治療方法に違いがあるのかな」「行動療法というのは有力なやり方なのだろうか」と思い、インターネットで「行動療法　強迫性障害」などの言葉をいろいろと検索してみました。

そして、「強迫性障害には薬物療法以外の治し方もある」「行動療法というのも有力な方法らしい」ということがわかり、いろいろと本を買って研究してみることにしました。

研究というと大げさかもしれませんが、「自分を苦しめてきたものは何だろうか」と考えていろいろな本を読み、書いてあることをできるだけ実行してみました。

警備員をやっていた時期に読んだ本、実際にやってみたことを中心に振り返ってみます。

『実体験に基づく強迫性障害克服の鉄則35』との出会い

治療する上で一番の転機となったのがこの本との出会いです。インターネットで検索していて見つけました。

7～8割くらいはこの本に書いてあることを自分なりに工夫して実行しただけでよくなりました。もっとも、学校警備の仕事が病気の治療に向いていたという環境的な要因もありますが、意図的な治療行為として行ったことは、本書に書いてあることが7～8割になると思います。

あとの2～3割は、『自覚と悟りへの道』という本に書いてあったことと「フォーカシング」という治療法で、それについては後で述べます。

一言で言えば、ぼくにとってこの本は「恩書」です。最初から最後まで患者の立場から治療に必要なことだけ書いてあるところに好感が持てるし、なんと言っても実践的な役に立つ本です。

この本は、日本では強迫性障害の本の中でもかなり有名なようで、「アマゾン　強迫性障害」でグーグル検索をすると、1位のところに出てきます（2016年9月現在）。ぼくもネットで検索して出てきたので買いました。

『実体験に基づく強迫性障害克服の鉄則35』『強迫性障害は治ります！』『強迫性障害・聞きたいこと知りたいこと』の3冊を、ぼくは「田村浩二3部作」と呼んでいるのですが、その中でも一番役に立ったし、ぼくが治療のために読んだすべての本の中でも一番役に立った本です。

これら3冊の本の著者の田村浩二さんは、もともとはそれほど重度ではない強迫性障害を長年患っていた無名の一患者さんで、書物と自分自身の工夫によってこれを克服したという人です。ぼく自身もそれほど重度ではなく、医者に行っても治らず自分で治した方なので、立場が近く、その点が自分にとってよかったと思いました。

医者ではなく、強迫性障害に苦しみながらこれを克服した元患者さんが書いた本なので、医者の立場から書いてある本とは一味違うわかりやすさ・やさしさがあります。患者さんたちが書き込んでいるインターネットの交流サイトでも、「この本がよかった」という趣旨の書き込みを時々見かけます。

『実体験に基づく強迫性障害克服の鉄則35』の内容

タイトルが長いので、以下この本の題名を『鉄則35』と略します。『鉄則35』の「はじめに」に、「私は、いくつかの書物や自分自身の工夫により、この強迫性障害を克服して参りました」とあります。この点は、ぼくと立場が似ています。

ただし、著者がどんな本を読んだのか書いてあると参考になったと思うのですが、それが書かれていないので、その点が少し残念でした。

認知行動療法と森田療法の中から著者が役に立った考え方・方法を抜き出したような内容なので、たぶん読んだ本は、認知行動療法と森田療法の本なのでしょう。

この本には、医学用語・心理学用語などの専門用語がほとんど出てきません。そこが読みやすいという人と、かえって言葉が回りくどくなって読みづらいという人に分かれるかもしれませんが、「難しい言葉を使わないで書く」というのは、本当は難しいことだと思うので、そこは感心するべきだと思います。

余談ですが、秋元康さんのつくるＡＫＢの歌の歌詞は、漢字が少なく、しかも「本当」だとか「正直」だとか小学生が作文に書いて先生から花マルをもらうような言葉ばかりです。そういう歌詞が10代の男の子に受けるということがわかるのが、秋元さんのすごいところだと思っています。

元の話に戻りますが、田村浩二3部作は、3冊とも路線が似ていて、医学用語で言えば認知行動療法と森田療法のやり方や心構えなどをうまく消化しています。ぼくはこの本を、今のところそんな名前はないのですが「認知行動森田療法」の本というふうに考えています。

でも、『鉄則35』の中に認知行動療法・森田療法とか「暴露―反応妨害法」という言葉は見当たりません（これらについては、第6章に書きます）。「強迫性障害」「強迫行為」「強迫観念」の三つ以外は、ほとんどすべて日常的な言葉だけで書いてあります。「そこがわかりやすくていい」とも言えますが、医学用語も意味がわかればそれなりに便利なところもあるのでそこは一長一短だと思います。

『鉄則35』は、この3冊の中では一番古い本ですが、一番迫力があり役に立つと思います。２００１年に書かれたのですが、奥付を見ると２００１年初版第1刷、２０１０年初版第9刷、となっています。根強く売れ続けているのでしょう。

体験者ならではのリアルな雰囲気が伝わってくるという意味では、3冊の中で一番だと思いますし、実際、自分にとっては医者が書いた本よりもわかりやすくて役に立ちました。「強迫性障害治療のための原典」のような本で、「長く読まれ、いろいろな本で引用されていくのではないか」と思っています。

一番の大原則

『鉄則35』は、徹底的に患者の視点から書いてあり、そこがぼくにとってはとても役に立ちました。ノリとしては、「行動する文系」というか、「考える体育会系」というか、とにかく「強迫行為をやめるという行動をする」（厳密には「強迫行為をやらない」という「行動しない」ことを「行う」）のですが、そのためにはどういう考え方をすればいいのか、ということについてうまく考察してあります。

題名のとおり35の鉄則が書いてあり、『不安でたまらない人たちへ』という本などとは違って、本当に治療に必要なことだけが書いてあるマニュアルのような本で、84ページしかありません。短時間で全体に目を通すことができますが、繰り返し読むべき本だと思います。

出ている鉄則はやや重複していると思われるものもありますが、すべてうなずけるものばかりですし、似たようなことでも少し違う言葉で書かれていることで、頭に入りやすくなる面もありました。

その中で自分にとって一番の基本中の基本だと思った大原則を紹介します（ぼくは「鉄則」よりも「原則」という言葉の方が好きなので、勝手ながら以下「原則」という言葉を使います）。原則の前の丸数字は、『鉄則35』の中での番号です。

④強迫行為を続けている限りは、強迫性障害は治らない。

とにかく、「強迫行為をやめる」ということが一番の治療方法で、このことをちゃんと認識することが基本中の基本です。

「強迫行為は、やめれば治るけどやめなければ治らない」というのは、確かにそれはそうなんだけど、「わかっちゃいるけどやめられない」というところが、この病気の治療の一番の課題です。でも、まずはこの課題をきちんと認識することが大切です。

そのためには、「なにを強迫行為とみなすか」という判断方法が大切になります。

そこで役に立つのが次の原則です。

①今、やろうとしていることが、強迫行為かどうか、少しでも迷ったら、それは強迫行為である。

ぼくの場合は確認強迫が中心で、「このくらいの確認は必要なのでは。不安なのでもう少し確認しよう。（確認してから）うーん、まだ不安だ。もう少し確認しよう。……」という風にずるずると強迫行為が続いていくことが多くありました。だから、経験的・常識的・直感的な視点から「こんなに何回も確認するのは変だ。これはこだわり君に操られている強迫行為だ」というふうに気づくところが、重要なポイントでした。

それには、「強迫行為かどうか少しでも迷ったら、それは強迫行為である」という判断方法が役に立ちます。

④と①はセットで考えていました。この1セットは、ぼくにとっては基本中の基本で、これなくしては治療が始まらない出発点、相撲で言えば東の大横綱です。

次に必要な原則は？

④と①のセットで出発点は明らかになるのですが、それだけで治療できるわけではありません。これを実現するための方策が必要です。

⑦とにかく慌てず落ち着くこと。そして、強迫行為をすぐに行わず、少なくとも時間を置くこと。

具体的な方策としては、これが一番大切だと思いました。

「すぐに行わず」というところがポイントで、「時間を置く」ことによって強迫行為を行わなくてもすむ場合がかなりありました。

なぜ「時間を置く」ことが大切なのかを教えてくれるのが、次の原則です。

⑭強迫観念が消えるまでには、タイムラグがあることを心得るべし。

⑦と⑭はワンセットで考えていました。

「時間を置くことが大切であることを納得するためにタイムラグがあることを知る必要がある」とも言えるし、「タイムラグがあると知っていることによって時間を置くことができるようになる」とも言えます。

「強迫観念が消えるまでには、タイムラグがあるのだから、とにかく慌てず落ち着くこと。そして、強迫行為をすぐに行わず、少なくとも時間を置くこと」とつなげてもよさそうですが、この本の中では二つに分けて書いてあります。短いフレーズの積み重ねを重視しているのかもしれません。

これらの原則でわかることは、とにかく**「時間」**というのが、強迫性障害克服のためのキーワードだということです。

同じ田村浩二さんの『強迫性障害は治ります！』という本に「時間はわたしの味方です」というフレーズが出てくるのですが、こちらの方がわかりやすいかもしれません。

ぼくは、この二つを意識するために**「時間がたてばどうでもよくなる」**というフレーズを作り、強迫行為に走りそうになった時には、この言葉を思い出すように心がけていました（今でもこの言葉を使っています）。

いろいろな場面で「とにかく、**強迫行為を行わずに時間がたつのを待ってみよう**」という方向で考え、行動することで、強迫行為や強迫観念がどんどんと減っていきました。

④と①のセットが東の大横綱とすれば、この⑦と⑭のセットは東の普通の横綱にあたります。これもなくてはならない原則でした。

もう一つの原則

「強迫行為を行わないで、時間がたつのを待つ」というのが、ぼくにとっては、方法論的なものとしては一番大切な原則だったわけですが、実はもう一つこれと同じくらい自分にとって大切な考え方がありました。

⑮微かながらでも大丈夫ではないか、なんとなく大丈夫ではないかと感じたら、大丈夫である。

これも愛用していた考え方で、「なんとなく」「感じたら」というところが大切だと思います。

この病気、特に確認強迫は、一言でいえば「なんでもかんでも厳密・正確に認識し行動することをめざし、それが後から自分の記憶の中で確認できないと不安に思う」という状態です。でも、もちろんすべてのことを正確に記憶していて後から確認できる人などはいません。

人間はすべてのことに対して明瞭な意識を持ち、後から記憶をたどって正確に確認できるように認識し行動することができるわけではありません。「習慣的・半ば無意識のうちに正しいことをしていて、それでうまくいく」という場合がとても多いのです。

ですから、「なんとなく」「感じたら」ということが大切なのだと思います。

ぼくは、少し自分なりに解釈して言葉をずらし、**「常識的・経験的・直感的に考えよう」**及び**「まあ、大丈夫でしょう」**というフレーズを作ってなるべく必要な時に思い出すように心がけていました。

東の横綱が「時間経過を待つ」ことだとすれば、西の横綱がこの「常識的・経験的・直感的に考える」ことでした。

これらの原則をきちんと頭にいれ、日常生活においてこだわり君が登場するそれぞれの場面で、うまくこれらを思い出し役立てることが大切です。そのことを心がけながら日々の生活を送っているうちに、だんだんとそれができるようになっていきました。

『自覚と悟りへの道』との出会い

この頃は、ネットでいろいろと役に立つ本はないかと見て回り、役に立ちそうな本を注文しては読んでみるのが趣味のようになっていました。

結構いろいろな本を読んでみたのですが、その中でも「ずいぶんと味のある本だなあ」と感心したのがこの『自覚と悟りへの道』という本です。

『鉄則35』が読んですぐに実行できるマニュアルのような本だとすれば、この本は考え方を知るための本で、即効性はそんなにないけど、じわじわ効いてくる本です。森田療法の創始者・森田正馬《まさたけ》先生と患者さんの対話が収録されていて、なかなか味のあるやりとりが展開されています。

本書で一番役に立ったのは、この部分でした。

私どもは、誰でも同時にいくつもの方面のことを考えているのが普通のことであります。強迫観念に苦しみながらでも、やれば何でもできるのです。ところが、神経質の人の考え方の特徴として、それをできないことと理論的に独断してしまうのです。（『新版　自覚と悟りへの道』１４３ページ）

強迫観念を感じながらでも、目の前のやるべきことを行うことはできるので、強迫観念を打ち消すことにこだわらず、やるべきことをやっていけばよいという趣旨です。「強迫観念に苦しみながらでも、やれば何でもできるのです」という言葉に勇気づけられました。

『鉄則35』にも似たことが書いてあります。

⑳まず安心してからがんばろうとすることは、やめるべし。不安のままがんばるべきである。

言っていることはだいたい同じなのですが、この内容に関しては、『自覚と悟りへの道』の書き方の方が頭に入りやすかったです。

ぼくは、**「こだわり君（強迫観念）は、消えてくれなくても大丈夫」**という標語を作り、必要な時に思い出すように気をつけていました。

この「強迫観念があっても打ち消そうとしないで、無視して別のことをすればいい」というのは、「時間経過を待つ」というのと似ているのですが、少し違うと思います。

これもかなり重要な原則で、重要度から言うと東の大関くらいでしょうか。「時間経過を待つ」及び「常識的・経験的・直感的に考える」という原則があればこの原則はなくてもなんとかなりますが、あった方がより万全だと思います。

このようにして本から得た**「強迫行為は、やめれば治るけどやめなければ治らない」「強迫行為を行わないで時間がたつのを待つ」「常識的・経験的・直感的に考える」「こだわり君は、消えてくれなくても大丈夫」**の四つの考え方を、ぼくは**四大原則**と呼んでいます。

フォーカシングという技法を知る

心の状態を調節するためのやり方としてフォーカシングという技法がある、ということも本を読んで知りました。

フォーカシングというのは、自分の心のあり方を点検し、自分の内側に感じられる「心の実感」を大切にすることで、「心の実感」からの気づきを得て自己発見をしたり心の整理をしたりする技法です。

例えば強迫性障害などの「できない病」とか「やめられない病」で悩んでいる人の場合だと、自分の中のその原因になっている部分に思いやりのある態度で耳を傾けて、その部分に協力してもらえるようになるために行います。

ぼくが読んだのは主に、『心のメッセージを聴く』『迷う心の「整理学」』『やさしいフォーカシング』の３冊です。

これらの本もやはりインターネットで見つけました。たぶん心の病に関する本をいろいろと検索していた時に偶然出会ったのだと思います。

最初の2冊が日本人の書いた本で、『やさしいフォーカシング』はアメリカ人が書いた本の翻訳です。

『心のメッセージを聴く』は、池見陽さんという大学の先生で臨床心理士の方が書いた本です。

「自分の内側に感じられる『心の実感』に触れ続け、それが開かれるとき、アタマの知識を超える知恵が現れてくる」と書いてあり、そして、このプロセスを直接促進する方法としてフォーカシングを紹介しています。

その人が抱えている問題との適切な「距離づくり」ということを提唱していて、強迫性障害患者などの不安障害の患者に向いている本ではないかと思います。また、フォーカシングが生まれた経緯についても、わかりやすく書いてあります。

『迷う心の「整理学」』は、増井武士さんという精神療法学・治療面接学を専門にしている大学の先生が書いた本です。

フォーカシングで強迫性障害を克服した事例が出ていて、これがとても参考になりました。ステップ1から8まで、フォーカシングのやり方がいろいろと書いてある本です。

「本人が感じている問題や気がかりな悩み」を、「ある一定の圧力をもった生命体」

と考えるという立場をとっていて、これも強迫性障害などの患者に向いている内容だと思います。

『やさしいフォーカシング』は、フォーカシングの創始者ジェンドリンから直接学んだアン・ワイザー・コーネルさんという人が書いた本で、フォーカシングに関するひと通りのことが1冊の本に収まっています。

それぞれ特徴があり、人によって向き不向きもあると思いますが、3冊ともわかりやすくいい本だと思います。

これらの本を読んでわかったことは、「強迫観念を感じている自分の一部と、体験的に距離がとれてくることが大切」ということでした。

『鉄則35』に書いてある認知行動森田療法と並行してフォーカシングもやってみることにしました。

フォーカシングも取り入れた

医療機関で心の病を治すのにフォーカシングを取り入れているところはほとんどないと思いますが、臨床心理士にはいるようです。ぼくは、臨床心理士のカウンセリングを受けたわけではないのですが、本を読んで自己流でやってみました。

「自分の内側に注意を向けて、何かが出てくるのを待つ」というのが基本で、意識的に選んだこと（強迫性障害の患者の場合ならば、強迫観念とか、自分の中の強迫観念を感じる部分など）を取り上げる方法と、ただ何かが出てくるのを静かに待つ方法があります。

いろいろな技法がありますが、ぼくはだいたい次のような手順を踏んでいました。

①目をつぶり、深呼吸をして、「こだわり君、こだわり君、どこにいるんですか」と自分の胸やお腹のあたりに注意を向けて聞いてみる。

②何かを感じたように思ったら、「こんにちは」とあいさつをする。

③「どんな形をしているんですか」と聞いてみる（ぼくの場合は、ガマガエルの姿とか、悪魔の形をした影絵などが思い浮かぶことがある）。

④「どんな声をしていますか」と聞く（「ゲコゲコ」とか「うっしっし」といった声が思い浮かぶことがある）。

⑤「今日は、どこに入りますか」と聞く（「小さなかご」とか「小さなスクリーン」などが頭に浮かぶ場合がある）。

⑥「そこにいてもらってもいいですか」と頼む（それらの場所に、ガマガエルや悪魔の形をした影絵などが収まるところが頭に思い浮かんだりする）。

⑦「元気でその場所にいてくださいね」とこだわり君に声をかけ目を開ける。

お金もかからず、認知行動療法のように努力して訓練する場面が少なく、ぼくにとっては非常に便利な方法でしたが、万人に効くかどうかはわかりません。

ぼくは『鉄則35』に書いてある認知行動森田療法も並行して行っていたので、効果については正確にはわからないのですが、「結構役に立っていたんじゃないかな」という気がしています。『鉄則35』に書いてある「認知行動森田療法」の方が主役だったと思いますが、それを実行するのに苦労が少なくなったような感じがしていました。

小さくなっていくこだわり君

こうして、先に書いた「四大原則」をできるだけ必要な時に思い出すように気をつけ、フォーカシングも適宜行いつつ、日々生活していました。

このやり方をぼくは、**「フォーカシング指向認知行動森田療法」**という長い名称で呼んでいるのですが、これを続けていくことで、こだわり君がだんだんと小さく扱いやすくなっていきました。

最初に成功体験を得たのは、戸締りをして家を出る時のことです。

この場面は、あらかじめこだわり君が登場するのがわかっているので、例の四つの原則を思い出して、なんとか戸締り確認を5回くらいに減らすようにしました。やってみると、確かに大変ではありますがなんとかできました。それを毎日繰り返しているうちに、そんなに意識しなくても、前みたいに何度も何度も数限りなく戸締りを確認しなくても外に出て歩き出すことができるようになりました。壁とドアの隙間から確かに鍵がかかっているのを見て、「大丈夫、大丈夫、大丈夫」と3回くらい確認して次の行動に移れるようになりました。

「前は結構苦労していたけど、なんだか前と感じが違うなあ。確かに楽になった」「そんなに難しいことでもないじゃないか」と、そんな感じでした。

家を出るのがうまくできるようになって、他の場面でもだんだんとこだわり君が小さくなっていきました。一つの成功体験で、「確かに治るもんなんだ」と体験的に納得したというのがとても大きなことだったと思います。

『鉄則35』には**「㉛小さな一歩は、大躍進への一歩である。」**という原則が出ていますが、これは確かに正しいと言えます。

例えば、ゴミを捨てるのに、ゴミ袋の中のものを床にぶちまけて調べることもなくなりました。コンビニで公共料金を払う時も、店員さんがポンポンとハンコを押す音を聞き、「確かに3枚とも押してあるな」と1回見て確認すればそれですむようになりました。

買い物の時やおにぎりを食べ終えた時、本があるかどうか確かめたくなった時などの場面でも、こだわり君の登場があまり気にならなくなり、不思議な行動が減っていきました。

「意外とたいしたことじゃないんだな」「常識的に考えればいいじゃないか」という

感覚がつかめていき、この病気が発症する以前の日常感覚が戻ってきました。

「意外とよくなる時はよくなるもんだ」「今までおかしかったのがむしろ不思議なのかな」とキツネにつままれたような気分でした。

虎が猫に変わる夢

病気がかなり良くなってきたある日、なんとも言えない面白い印象的な夢を見ました。

自分の部屋で虎を飼っている夢です。

どういうわけか部屋に立派な虎がいて、「自分が飼っていたのは、虎じゃなくて犬だったような気がするけど、まあいいや」なんて独り言を言います。

その虎を見て、正直怖かったのですが、勇気を出して近くに行き、頭をなでたりして可愛がっていました。

次の場面で、その虎が見つからなくなり、いろいろと探します。

すると、布団の中から小さな猫が出てきました。

「こんな猫いなかったのになあ」と思ってよく見ると、今まで飼っていた虎ととてもよく似た顔をしています。

「あれ、あの虎がこんな小さな猫に変わってしまったんだ」と、ほっとしたような寂しいような複雑な気持ちになっているところで目が覚めました。

虎がこだわり君（強迫観念）を表しているのでしょうか。

「可愛がる」という行動は、行動療法というよりはフォーカシングに近いような気がします。

「自分の一部として認め、こんにちはとあいさつをして、よく話を聞く」といったところでしょうか。

「夢に出てくるとその症状は治る」ということが心理学の本に書いてあるのを読んだことがありますが、もちろんこの場合、夢を見たから病気が治ったわけではありません。治ってきて、そのことを夢に見た、と言うべきでしょう。

でも、「どのようにして治ったのか」「どの程度治ったのか」がなんとなく感じ取れる、という意味はあったと思います。

大切にしたい夢だと思いました。

第5章　克服後の生活と仕事
～こだわり君との対話と共生

臨時的任用教員選考試験

病気がよくなったので、「また教員をやったら、意外とできるかもしれない」と思い、臨時的任用教員をめざすことにしました。臨時的任用教員というのは、正規の教員が産休とか育休などの時、その人の代わりに臨時的に教員をする人のことで、正規の教員と同じくらいの給料がもらえます。

「産代」という通称もありますが、厳密に言えば育休代替の期間の方が長いし、病気で長期にわたって休む教員の代替というケースもあるようです。一つの学校に正規の教員が戻ってくるまでの半年～1年くらいしかいないので、渡り鳥のようになってしまいますが、正規の教員を目指す前に期間限定の仕事をやってみてできるかどうか試してみようと思い、自分が住んでいる地域の自治体の試験を受けることにしました。

試験と言っても、産休や育休が出た時の候補者として登録するための試験で、試験に受かったからといって仕事があるという保証はありません。自治体によっては、試験がなくて、教員免許を持っていれば試験などなくすぐに登録できる、というところもあるのですが、ぼくの住んでいる自治体では一応試験がありました。

とは言っても、試験は面接だけで合格率は90％以上という噂なので、面接でよほど変な言動を取らなければ受かるのですが、ぼくは治ってきたとはいえ心の病を抱えているので油断はできません。

書類提出

面接を受ける前に、自分で書類を提出しに行く日がありました。
その頃は、学校に復帰しようと決めていたので、学校警備ではなく辞めやすい日雇い形式の工事現場などに行っていました。学校警備は、毎日同じ人が同じ学校に行く１人現場なので、１か月前くらいに上の人に言ってちゃんと引き継ぎをしないと辞められません。工事現場などの方が１日ごとに指定された現場に行くので、簡単に辞められます。
書類を提出しに役所に行ったのは午後から現場に行く日の午前中で、警備員の制服である青いズボンに白いワイシャツという格好で、警備に使う道具を一式大きなカバンに入れて持っていました。
書類の提出ということだったので、窓口のようなところでひと通り書類があるかどうかチェックするだけだと思っていたのですが、行ってみるとカウンターに担当者と向かい合って座る形でした。

担当者は、履歴書を見て「立ち入ったこと聞くけど、どうして教員を辞めたの」と、いかにもなにか事情があって辞めたと決めつけているような風情でした。「立ち入ったこと聞くけど」という言い方がいかにも嫌な感じだったのですが、確かに心の病が主な原因で辞めたので、その担当者の態度や言い方も、自分に関しては的外れとは言えません。しゃくにさわるけど、まあ仕方がないところなのでしょう。

それに対して、「心の病で」などと言っては不利になりそうだし、もちろん「書類がそろっているかどうかとこの質問はどう関係があるんですか。それがわからないと、なにを答えていいかわかりません」なんて言うと「反抗的なやつだ」なんて思われそうです。そこで、こんなことを答えました。

「学校で10年くらい働いてみて、いろいろなことを学び、これならば民間に行っても結構やれるという、根拠のない自信がありました。それと教員を10年程度やった感じでは、力不足だなあ、と思ったこともあります」

担当者は、不思議そうな顔をしていましたが、それに対してさらに突っ込む質問はしませんでした。どう突っ込んでいいのかわからなかったのかもしれません。

黙って書類がそろっているかチェックし、「いちおう面接を受けることはできます。隣のカウンターで日時を予約してください」と言いました。「いちおう」という言い方がまた嫌な感じで、いちいちしゃくにさわる言い方をする人だと思いましたが、「まあ、仕方がない。書類の点検をする人の言い方なんて大した問題じゃない」と思うことにしました。

隣のカウンターに行き、日時を予約している時にふと見ると、自分の提出した書類が置いてあってそれに「退職理由不明」と書かれていることに気がつきました。「こんな書き込みをしてあるものをこっちに見えるように置くのか。ちょっと不用心だな」「退職理由は一応ちゃんと答えたが、あの担当者から見ると不可解だったのだろう」と思い、苦笑いしそうになりましたがこらえました。

あの担当者はどういう人だったのでしょうか。男性で見た目50歳くらいのそんなに頭がよさそうではない平凡な印象の人で、教員経験者ではないような気がしました。教育庁の人事部の人の可能性が高いと思いますが、民間よりも公務員の方が得だとか偉いと信じ切っている印象を受けました。ただ、今の時代確かに公務員を辞めて民間に移る人は少ないので、そう思うのが平凡だけど常識的で妥当な見方なのかもしれません。

それと、行ってみたらちゃんとリクルートスーツを着ている人ばかりだったので、役所のホームページに書いてあった「必ず本人が提出すること」という文言を見て、

「ちゃんとした就職活動風の格好をしていくべきだ」と考えるのが多数派・普通のやり方だったのでしょう。「書類提出の場で面接みたいなことをやるとはどうもだまし討ちのようで感心できない」とその時は思ったものでしたが、今振り返ってみると「やっぱり自分の方が無造作だったかな」と思います。警備の仕事に行く時の格好で行くというのは、いくらなんでも変でした。

なお、その時は、帰り際に何度も忘れ物がないか確認する動作はしないですみました。不自然な動作は避けるに越したことはなく、「以前ならば、できなかったかも。やはり病気はよくなったのだろうか」と思いました。

面接試験

今度は最初から面接だとわかっているので警備の仕事は休みをとり、ちゃんとリクルートスーツを着てネクタイを締めていきました。

カバンは、忘れ物がないかしつこく確認する行動をとらないように駅のロッカーに預けて行きました。

面接官は、書類提出の担当者よりは若くてエリート風の人でした。

面接内容ですが、やはり退職理由は聞かれました。

前回「よくわからない人だなあ」なんて思われたのか「退職理由不明」なんて書かれたのですが、それは、「民間でもやっていけそうに思った」ということを言ったことが原因かもしれないと考え、今度は「教員を続けているうちに自分は力不足ではないかと思った」という趣旨のことだけを言い、今回も病気のことは言いませんでした。

それにたいして、「そういうふうに思った『これ』という具体的なきっかけとか場面などはありますか」と聞かれ「だんだんと力不足だな、と思うようになっていったので『これ』というきっかけや場面は思い出せません」と答えました。

次に、「今回また教員の仕事をやろうとしているのですが、その点はどうですか」と聞かれ「今でも、力不足である点は基本的には変わらないかもしれないのですが、民間で小さな店だけど自分で事業をやってみた経験が活かせる可能性もあると思ったことなどが、今回教員をまたやろうと思った理由です。店の経営も、アルバイトたちの長所短所をよく把握して人間関係を築いていくという点では、学校の担任の業務によく似ていると思います」と言いました。試験官は、それなりにうなずきながら聞いていたので、まあまあの答えだったようです。

さて、問題の帰り際のことなのですが、駅のロッカーに荷物を預けておいたこともあり、しつこく忘れ物を確認することもせず、普通にお辞儀・挨拶をして部屋を出ることができました。

その面接試験の結果は合格でしたが、9割以上の人が受かるという噂だし、あくまでも登録するための試験で職に就ける保証はないので、「とても小さな第一歩」というところでした。

採用面接

臨時的任用教員の登録に成功し、ネットで自分の番号とパスワードを入力すると、この自治体の求人状況がわかるようになりました。

また、ぼくの情報も名簿に登録されていて、各学校の管理職がそれを見ることができるので、産休・育休などの代わりを雇いたい学校の管理職から電話がかかってくることもありました。

最初に面接に行ったのはA高校で、学力的には学区で一番下、偏差値40くらいの学校でした。

その学校の校長から「授業をやる時の方針・心がけていることは」という趣旨のことを聞かれ、「英語といっても、大学受験などでは英語そのものではなく『英語を使って何かやる』ということが大事なので、そこにも注意して授業をしています」と、とっさに塾で教えていた時に考えていたことを答えました。

校長には「うーん、うちの学校には向かないなあ」と言われてしまい、不採用になりました。

次に面接を受けたのはB中学でした。

B中学の面接でも校長から「あなたの授業の『売り』はなんですか」と、やはり前回のA高校で聞かれたのと似たような質問が出ました。

A高校で聞かれた後、同じような質問をされたら何を答えるかよく考えておけばよかったのですが、それができていなかったので「面白いことを言うところでしょうか。でも、あんまり言わないように気をつけています」と答えました。答えた時に、校長と副校長は笑っていたのですが、あまりいい印象は与えていなかったような気がします。

そこも不採用でした。

もっと「基礎基本を重視して地道に一生懸命教える」「小さなことでも頭を使い工夫して授業のやり方を常に見直し改善していく」など、紋切型でもわかりやすい正論のようなことを言った方がよかったと思います。

なお、これらの学校でも、帰り際に忘れ物がないか過度に確認することはしなかったので、病気が原因で落ちたわけではなく、面接の中身に問題があったようです。

学校警備の仕事は、心の病の治療には向いていますが、もちろんいい面ばかりではありません。あまり人に気をつかわないでもただ校門の前に立っていたりたまに学校の周りを歩いたりするだけで勤まってしまうので、頭がボケてしまった面があったと思います。

採用面接（その2）

次に面接を受けたのはC高校でした。

C高校の副校長からは、A高校を受ける前に電話がかかってきていたのですが、その時は「A高校の方が自宅から近いので、A高校の面接に落ちたらまた検討します」と答えていました。

C高校はその自治体でも中心部からかなり外れたところにあり、自宅からもかなり遠く、行くのに2時間くらいかかります。朝は、8時に出勤するには5時50分くらいに家を出る必要があります。帰りも、学校を5時半に出られたとしても、家に着くのは8時くらいになります。どうも気がすすまなかったのですが、全然職に就けないよりはいいに決まっているので面接を受けることにして、電話しました。

電話した時の印象はかなり見込みがありそうで、「とにかく早く面接に来てくれ」という感じでした。「面接で落ちるということはまずないと思うんですが、いちおう面接はあります」とも言っていました。

面接では、経歴のことなどをひと通り話したのですが、それについて突っ込まれることもなく、授業についての質問もありませんでした。

ひととおり面接をした後、副校長より、「それでは、校内を案内します。荷物はここ（面接をしていた校長室のこと）に置いて行っていいです」と言われました。

例のこだわり君のせいで荷物を置いていくことには抵抗があったのですが、うまく耐えて荷物を置いていくことができました。

ひととおり校内を案内してもらい、校長室に戻ってきて校長から「この学校でやってくれるか」と聞かれ「はい」と答えて採用が決まりました。

朝家を出るまで

学校に勤めている現在の生活について、まず、朝起きてから家を出るまでのところについて書きます。

目覚ましが鳴るのが朝の5時10分で、家を出るのは5時50分頃です。通勤に2時間くらい時間がかかるので結構早起きです。

目が覚めると布団の中で「今日も1日、そしてこれからもずっと、合理的・常識的に考え行動する。気にしなくていいことは気にしない。どうでもいいことはどうでもいい」と唱えてから起き上がります。

これを唱えることで、強迫行為が続きそうになった時にこの言葉を思いだしてうまく最低限の強迫行為で切り抜けることができる場合がたまにあります。30秒くらいでできることなので、やっておいて損はありません。

そして、顔を洗いひげをそってから犬にエサをやります。「お座り」と言えばちゃんと座ってくれるので、そんなに時間はかかりません。

それからいよいよ、Tシャツとスウェットパンツを脱いで洋服を着ます。洋服を着る時に1枚ずつくさくないか匂いを嗅ぐのが、この時間帯では一番変な行動かもしれません。

目をつぶって「1回2回3回」と頭の中で唱えながら息を吸いつつ匂いがしないことを確認し、それから目を開けて、「1回2回3回」と唱えながら確かに顔の前に洋服があり、ちゃんと近い距離で匂いを嗅いだことを確認します。

これは、明らかに変な儀式的行動で、たぶん強迫行為だと思うのですが、そんなに時間がかからず、これを行ったために遅刻したことはないので、「まあしかたがないでしょう」と考え、退治していません。

それから、リュックの中身を確認します。

まず筆箱の中を確認します。ちゃんと赤と黒のボールペンが3本ずつあるか5回確認します。ボールペンは0・4ミリのもので、以前は4という数字が不吉だと思って0・4ミリのものは使っていなかったので、そこは小さな進歩と言えるかもしれません。0・4ミリのものが一番書きやすいので使っています。

それから、シャーペン・消しゴム・シャーペンの芯のケース・フリクションのペン・ラインマーカー・修正ペンの六つがそれぞれ二つずつあるかどうかを5回確認します。

そして、前の日にスーパーで買っておいたおにぎりがちゃんと袋の中にあるかどうか確認します。おにぎりの種類は毎日同じで、「梅・たらこ・昆布・鮭・めんたいこ」の五つです。これも「梅・たらこ・昆布・鮭・めんたいこ」と頭の中で唱えながら少し前まで5回確認していましたが、今は3回くらいに減りました。

そして、リュックの中に、「ノート・教科書・電子辞書と筆箱・クリアファイル・おにぎりの入った袋・電車の中で読むための本」があるかどうか、「1・2・3・4・5・6」というふうに頭の中で唱えながら5回確認します。

そして犬をゲージの中に入れて家を出ます。

外に出てドアを閉めて、鍵を差し込んでから回して「ガチャ」という音を聞きます。そこで「うん、大丈夫だ」と思い、そのまま家を後にして道を歩くことができます。ここは、以前の戸締りに時間がかかっていた時に比べるとずいぶんよくなりました。

こうして振り返ってみると、確かに儀式のような感じの強迫性障害らしさを感じる行動も多々ありますが、そのために電車に乗り遅れたのは1年ちょっとで3回くらいしかないし、早めに家を出るので、1本乗り遅れても始業時間には間に合うので、無理に退治しなくてもいいと思い、変な儀式的行動を続けています。

学校にて

学校でのこだわり君が登場する場面について書きます。

警備員時代の警備報告書の提出に似たことで、他の教員にメモを残すという仕事があり、これは今でも少し苦手です。

例えば生徒かその保護者から欠席連絡の電話を受けて、担任の先生の机にメモを残す時には「何月何日何時・生徒の名前・欠席理由・自分の名前」を書いた紙を、担任が自分の机にいれば直接渡しますが、いなければ担任の先生の机の上に置きます。

直接渡す時でも、渡す前に何回かちゃんと書いてあるかどうか確認して、その確認がしつこい傾向があるのですが、どういうわけか机の上に置く時の方が苦手です。

その先生の机の上に置くとそれを見ながら「ちゃんと書いてある、ＯＫ」「ちゃんと書いてある、ＯＫ」と5回くらい確認し、自分の机に戻ったところで不安になって再び見に行ったりします。でも、再度見に行って、それで大丈夫なのがわかったところでやめることができるので、「まあこのくらいは仕方がない」と考えています。

授業ですが、板書が間違っているのを書き直した時は、やはり直したということを3回くらい言うことが多く、生徒にからかわれることもあります。でも、板書を間違うことはそんなに多くない（多くても1時間に3回くらい）ので、「まあ仕方がないか」と思っています。

また、以前はトイレの紙でおしりをふく時に、まったく紙に何もつかなくなるまで何度も何度もふいていましたが、最近はそうでもありません。適当なところで切り上げるようになりました。また、ちゃんと水を流したかどうか確認するのも、「大丈夫・大丈夫・大丈夫」と3回くらい見て確認すればすむようになりました。

こうしてみると、あまり必要がないことをしつこく確認して少し他の人よりも時間がかかる場面もありますが、勤務に支障がない程度には収まっていると思います。

小さな工夫

プリントや試験問題などの印刷は、以前教員だった頃も現在も大問題で、今でも明らかに普通の人よりは時間がかかっています。

ただ、一つやり方を見つけたのでそれほどでもなくなりました。

ぼくの教えている英語科では、単語の小テストとか試験前に配るまとめのプリント、定期試験の問題などは、同じ学年で同じものを配るので、自分のクラスのものも他の先生が一緒に印刷してくれることがあります。その時の印刷物の、生徒に配った後の残部を適当に取っておいて、それを印刷室に持って行くのが「小さな工夫」です。

印刷していて汚れが気になったら、他の先生が印刷したやつを見て、「他の先生だって、そんなにきれいじゃない」「他の先生が印刷したやつだってよごれがあるじゃないか」ということを確認し、「印刷したやつを捨ててもう一度きれいに印刷しようとする行動」を思いとどまります。

普通の人はそんなことしなくたって、常識的に考えちょっとくらい汚れていても気にしないのですが、ぼくの場合はそういきません。印刷の汚れを気にしだすと、何度も印刷し直してなかなか終わらなくなってしまいます。他の先生の印刷したやつをわざわざ印刷室に持って行かないと、スムーズに仕事ができません。でも、持って行って必要な時に見るようにするとうまく行きます。

これは、治療ではなく「強迫性障害者のための仕事術」みたいなことで、言ってみれば「苦肉の策」なのだけれど、これはこれで大事だと思います。

女性にもてなくなった？

教員に復帰したこの頃、どういう風の吹き回しか彼女ができました。病気がよくなったことと関係があるようなないような、そこはよくわからないのですが、その一方、以前教員だった頃に比べると女性にもてなくなったような気がします。

例えば、以前は生徒からバレンタインデーのチョコレートをもらったりラブレターをもらったりしましたが、今はそんなことはありません。

それから、近所のスナックに行っても、以前はアルバイトの女の子の電話番号を教えてもらったり、一緒に食事をしたりしましたが、今はそんなことはありません。

強迫性障害がひどかった頃は、必死にこだわり君と闘っていたので真剣味のある生き方をしていて、それが他人にも伝わっていたけど、今は病気がよくなってのんびりしてしまい、迫力のない単なるおじさんになってしまったのでしょうか。

それはそれでありえない見方でもなさそうですが、短絡的にそうと決めつけるのはよくないと思います。

特に、スナックの場合はちょっと違うような気がします。

以前一時通っていたスナックは、どうも店の方針として、女の子にお客さんと連絡を取らせて店に呼ぶようにして、売上げを上げているようでした。女の子とお客さんが電話番号を教え合うのも、店の方針としてやっていたようです。また、女の子とお客さんが一緒に食事に行ったりすることも、店側としては嫌がっていなかったようでした。

一方、現在よく行くスナックのマスターは女の子の電話番号を聞くお客さんを嫌っていて、そのため、女の子もあまりお客さんに電話番号を教えません。

こっちの方が、スナック経営のあり方としてはありがちと言うか普通なんじゃないでしょうか。

だから、たいした結論でもないけど結論としては、自分がもてなくなったわけではなくて通っているスナックの経営方針が違うだけ、なのです。

一方、学校の生徒からのチョコレートとかラブレターですが、これは、以前の方が若くて生徒と年齢が近かったことが大きいと思います。

当たり前と言えば当たり前のことですが、すべてを病気のせいにしてはいけません。

これは、一般的に心の病にかかった人に言えることかどうかはわかりませんが、ぼくにとっては注意すべき点です。

実家にて

教員に復帰した頃、実家に帰る機会がありました。

その頃まで、実家で強迫性障害という自分の病気について話したことはなかったと思います。特に意識して隠そうとしていたわけではないのですが、言ったからといって特にどういういいことがあるわけでもないと思っていて、意図的に言おうと考えてはいなかったと思います。しかし、職場にいる時のようになるべく隠しておこうとも思っていませんでした。

実家の居間で母と話をしていた時のことです。

鼻をかんだ紙をゴミ箱に捨てた後でなんとなく気になって、ちゃんと捨ててあるかどうか何回もゴミ箱の中を確認しました。

「そんなに確認しないでも大丈夫じゃない」

と母に言われました。

そう言われると確かにそうです。職場では病気のことは言っていないし、変な行動をしないように気をつけていました。が、実家だと別に変に思われたからといってそんなに困ることもないので、気が緩んでこうした行動をしたのでしょう。

その時、この機会に病気について話してみようと思いました。

「いやー、これは、強迫性障害という名前の脳か心の病気の症状でね。普通に考えるとなんでもないことが気になって何回も確認したくなるんですよ」

こんな感じの説明だったと思います。

「うーん、あんまりよくわからないけど、それが病気なのかね」

「まあ、例えば、手を何回も洗って洗い終わるのに30分も1時間もかかる人がいるのを知っているかな。それとか戸締りを何回も何回も確認しないと出かけられない人もいるんだけど、まあ、ああいうのの一種なんだ」

誰でも言えそうな説明ですが、以前はこういうことは言えなかったと思います。表現力が足りなかったということや余裕がなかったことなどもあり、病気が深刻な時は、なかなか自分のことを説明する言葉がうまく出てきませんでした。わりあい気楽に人に説明できるのは、よくなった証拠だと思います。

母は「ふーん」なんて言うだけだったので、理解されたのかどうか、どうも今ひとつよくわかりませんでした。でも、話したことで多少は心が楽になったような気がしました。

母に関してはもっと早くから話していてもよかったかなと思いますが、なかなかそれも難しかったのかもしれません。

一方、職場ではいっさい話していないのですが、隠しておこうと努力することが治療につながっている面もあり、自分に関してはたぶんそれでいいのだと思います。

この病気に関する理解が広まり、職場などでも気楽に話せるようになるといいのですが、現在は「隠しておいた方がいい」という場合が圧倒的に多いのかもしれません。

ぼくに関しては、「職場では隠す」「実家などでは言う場合もある」という対応ですが、こういうことにはどんな人にも通用する一般原則というのはないと思います。それぞれの状況に合わせたケース・バイ・ケースの対応になる人が多いのではないでしょうか。

四大原則はその後どうなったか？

高校の教員の仕事ができるくらいによくなってきたけど、完全に治ったというわけでもない現在、治療する過程で自分なりに試行錯誤しながら編み出した「四大原則」がどうなったのか。それを見ていきます。

四大原則を復習すると、

「強迫行為は、やめれば治るけどやめなければ治らない」
「強迫行為を行わないで時間がたつのを待つ」
「常識的・経験的・直感的に考える」
「こだわり君は、消えてくれなくても大丈夫」

の四つです。

まず、一番大切な根本原則であるところの「強迫行為は、やめれば治るけどやめなければ治らない」ですが、もちろん今でも一番大切な原則です。ただし、特に意識しなくても「どうしたらこの原則に合う行動ができるか」という問題意識にそって考える習慣ができているので、そんなにいつも意識しているわけではありません。

「内面化されている」という表現が合うのでしょうか。

相撲で言えば横綱として表に出てきて活躍するのではなく、引退して「相撲協会理事長」となり、組織のトップとして裏で支えている、という感じです。

それと、最近「こだわり君は、消えてくれなくても大丈夫」という原則が重要性を増してきて、大関から横綱に昇進しました。

したがって現在は、相撲協会理事長が「強迫行為は、やめれば治るけどやめなければ治らない」で、「強迫行為を行わないで時間がたつのを待つ」「常識的・経験的・直感的に考える」「こだわり君は、消えてくれなくても大丈夫」が３横綱、という体制です。

こだわり君が登場してきた時の最近の対処法としては、最初に「こだわり君は、消えてくれなくても大丈夫」を考え、そして次の「時間がたてばどうでもよくなる」を考え、そして、場合によっては「常識的・経験的・直感的に考える」を思い出す。だいたいこの順番です。

でも、今の順番はたまたまこうなっているけど、どれが一番大事ということはなく三つとも同じくらい大切だと思います。

現在は、このような「理事長と3横綱の体制」で再度ひどくならないように予防に取り組んでいます。

フォーカシングはほとんどやっていません。でも、またやりたくなる日、必要になる日がくるかもしれません。強迫性障害の治療以外のことにも役に立ちそうです。

環境面では、もちろん学校警備員よりも高校の教員の方が何かと気苦労が多くて心の病にはよくなさそうなのですが、それでも今のところ再発・悪化しないですんでいます。

第6章　強迫性障害克服のための16の方法

主体的な取り組みが大切

この章では、強迫性障害克服のための代表的な治療方法及びぼくが行ってきた方法などを書きます。前半が「○○療法」といった医学的な方法論で、後半はぼくが体験的にいいと思ったことなどです。この病気に縁のある人に参考になるところがあれば幸いです。

もっとも、やるべきことは「要するに強迫行為をやめればいいんだ」というそれだけのことなので、一見簡単そうなのですが、それがどういうわけだかできないので、みな苦労しているわけです。月並みですが、「わかっちゃいるけどやめられない」ということだと思います。

何回か書いていますが、この病気は虫歯や骨折のように医者に行って決まったやり方で治してもらえばそれですむようなものではありません。

ですから、「こうすれば治る」という単純明快な提案ではなく、「何々について自分なりに考えて決めていこう」式のものが多くなってしまいます。主体的に取り組まなければなかなかよくならないのが、この病気の治療の難しいところです。

ただし、現在では有効な治療法が開発されていて、多くの人にとってある程度共通する道筋・方法・考え方というものはあります。

また、治していく過程で、自分を見つめなおしたり、生きていくうえで大切な力や技術を蓄えるという面もあり、いちがいに「難しくて嫌なことばかり」とも言えません。

1. 行動療法（認知行動療法）と暴露反応妨害法

行動療法は、現在ではかなり定評のある強迫性障害の治療方法で、一番定番の方法と言ってもいいと思います。

認知行動療法という言葉もあり、ぼくはこの言葉の方が感じが出ているように思うのですが、一般的には単に行動療法という場合が多いので、ここでは行動療法としておきます。

行動療法の中でも、強迫性障害の治療方法として一番有名かつ代表的でよく行われるのが**「暴露反応妨害法」**です。これは暴露法と反応妨害法を組み合わせたもので、間に「―」を入れて、「暴露―反応妨害法」と記されることもあります。

暴露法というのは、わかりやすく言うと「苦手と感じてこれまで恐れたり避けたりしてきたことに、あえて立ち向かうこと」です。

反応妨害法というのは、「これまで不安を下げるためにしてきた強迫行為を、あえてしないこと」です。

暴露法と反応妨害法を組み合わせると、効果が高いことが知られていますが、必ず二つセットで行われるわけではありません。なんのきっかけもないのに突然ある事柄が心配になる（先行刺激のない侵入思考によって強迫観念が生じる）場合は、自らその「ある事柄」に立ち向かう、つまり意図的に暴露することはできません。日常生活の中で強迫観念が生じる機会をとらえ反応妨害を行う、ということになります。

また、「自分の子どもを殺すのではないか」などの実行に移す可能性が極めて低い思考に悩まされる（強迫観念のみの強迫性障害）場合などは、苦手なイメージが出てくる映像を見るなどの方法で暴露を行うことはできます。が、実際に強迫行為を行うわけではないので、反応妨害は行えません。

街の心療内科などでは行動療法を行っていないところもあるので、医者に従ってこの療法を行うには、ネットか本などでこれを行っている医者を探して、そこに通う必要がある場合もあります。

もっとも、医者に行かないで自分で本を読んでやってみてうまくいく場合もあるようです。

この療法について書いてある本としては『強迫性障害からの脱出』『不安でたまらない人たちへ』などがあります。

2. 薬物療法

　この療法は、「強迫性障害は脳の機能が故障しているために起こる病気だから、その部分をうまく改善するために薬で科学的に治す」という立場です。ぼくが見聞きした範囲だと、町のクリニックなどでは、ほとんどのところがこの療法を中心にしています。強迫性障害の患者で医療機関に行ったことのある人ならば、1回は試してみたことがあるのではないでしょうか。

　なかなか合理的でわかりやすい方法ですが、人によって効く場合と効かない場合があります。薬によって症状が緩和されたり、かなり楽になるという人がいる一方、長年、薬を飲み続けているのに全然効果がないという人もいます。

　なお、薬との相性によって「太る」「めまい」「吐き気」などの副作用がある場合があります。そのことについてはm・i・x・iのコミュニティ「パキシル・パロキセチン」「デプロメール、ルボックス」「抗うつ薬、抗うつ剤」の書き込みが参考になります。それらを読むと、「医者でも薬の副作用についてちゃんと言わない、または言えない人がいるんだな」といったこともわかります。

ところで、行動療法派の医者から見ると、薬物というのは水泳の練習の時の浮き輪のようなもので、行動療法を援助する補助的なものだそうです。

でも、薬物がよく効く場合、それほど努力して行動療法をやらないでもよくなることもあります。その場合でも、「強迫行為をやらないでも大丈夫だった」という体験を覚えているからこそ、薬物を飲まなくなった後でも、普通の生活ができるようになるのだそうです。

ですから、厳密に言うと「薬を飲むだけで魔法のように治った」というわけではなく、「薬の効果によってあまり努力しなくても行動療法的なことができた」ということだと思います。

一言で言えば、薬物療法は行動療法を補助するためのもので、効く人と効かない人がいるということです。

3. 森田療法

森田正馬《まさたけ》という人が創始した療法なので、森田療法と言います。

一言で言うと、「不安感は取り除こうとすればするほど強くなるが、そうした感情は自然のままにまかせればやがて消滅する」といった考え方に基づく治療法です。

患者が不安をコントロールしようとすることがかえって不安を強める態度であるとする悪循環モデルに基づき、「不安の受容」によってこの悪循環を打破しようとする立場に立っています。「不安の受容」というのは、患者が自分自身の不安をしっかりと見つめ、受け止めることです。

他の治療法よりも、症状の背後にある生活状況や患者の生き方・あり方を問題にする場合が多いのが特徴です。

外来療法と入院療法の二つがあり、現在では外来が増えています。

外来療法の場合、日記療法と面談が中心です。日記を書くのが苦手な人だと、面談だけの場合もあります。

入院療法は、「臥褥《がじょく》期」「軽作業期」「重作業期」「社会訓練期」という四つの時期から成ります。

「臥褥期」は、食事とトイレ以外は1人個室で1日中横になっている時期、「軽作業期」は軽い作業を行う時期、「重作業期」が積極的に集団で作業に取りくむ時期で、「社会訓練期」は、社会復帰の準備期です。

期間は3か月くらいかかる場合が多く、時間をかけられる立場の人か、重症で時間をかけてでも治したい人に向いています。お金も、その期間の入院費などがかかります。生命保険か医療保険に入っている人なら保険金がおりる場合もありますが、退院後に請求してからおりるので、いったん立て替えて払う必要があります。

入院療法を行っている病院の一つである三島森田病院のホームページ（「グーグル検索：三島森田病院」で簡単に出てくる）はなかなか充実しています。

ネットで、強迫性障害の患者や元患者が書いているサイトを見ると、「森田療法で治った」という書き込みをわりあいよく見ます。強迫性障害の治療に向いているのかもしれません。

日本人が創始者の療法なので、本もたくさん出ています。本を読むかホームページで見て、合いそうだと思ったら受診するのがいいと思います。それと、m・i・x・iにも「森田療法を楽しむ会」というコミュニティがあり、不安障害などの患者・元患者の森田療法に関するコメントが出ています。

森田療法を受けられる病院・クリニックは、「(財)メンタルヘルス岡本記念財団」のホームページを見ると出ています。ただし、受けられる病院が限られていて、しかも首都圏に集中しているので、そこは不便です。

なお、森田療法は、受診しなくても本を読み考え方を知るだけでも役に立つ場合があります。ぼくの場合はそうでした。

4. フォーカシング

フォーカシングというのは、一言で言えば自分の心のあり方を点検し心の実感を大切にすることで自己発見をしたり、心の整理をしたりする技法です。

例えば自分が抱えている問題が気になる場合には、自分と問題との関係のあり方を中心に心の問題を理解し、心を整理していきます。その際に、抱えている問題と自分が完全に同一化するのではなく、かと言って問題の存在を否定するのでもなく、「自分の一部は問題を抱えている」という立場をとります。

フォーカシングでは、自分の内面にあるちゃんと聞いてもらいたいと感じている部分の言い分に耳を傾けることを重視して、自分が自分のカウンセラーになっていきます。

「人生の専門家はその人自身である」という立場です。

フォーカシングの具体的なやり方などについては、第4章で紹介しました。

5. タッピング（TFT）

一言で言うと、「何か言葉を唱えながらトントンと体のどこかをたたいたら本当に不安がなくなる」というやり方です。「身体のツボのような場所をたたいて、精神疾患などを治す」というなんだか不思議な治療法ですが、アメリカでは、心理療法士や大学教授が大真面目に研究し治療に取り入れて成果を上げているそうです。

タッピングにはいろいろな流派がありますが、ＴＦＴというのが一番よく知られているようです。ＴＦＴは〝Thought Field Therapy（日本語に訳すと「思考場療法」）〟の略です。

日本の医者で、これを治療に取り入れている人はほとんどいないだろうと思いますが、本がいろいろと出ているし、日本ＴＦＴ協会とかＴＦＴセンター・ジャパンという団体もあります。また、ネットで「思考場療法」などの言葉を動画検索してみると、実際のやり方を動画で見ることができます。

ぼくも最初は、「映りの悪いテレビをたたいて治すみたいで、あんまり科学的ではないなあ」「こんな簡単なことで治るのかなあ」と思いました。脳生理学的には、簡単に言うと「脳の中の感覚野の特定の部分に信号を送ることで、脳のバージョンを変える」という趣旨です。流派によって詳しい説明の仕方は異なります。

強迫性障害治療における効果については、ぼく自身は、このやり方を知る前にかなり治っていたので、なんとも言えません。でも、やってみると確かに心が軽くなるような感じがします。自分の立場から見て理不尽だと思える過去の出来事に関して、突然怒りが込み上げてくることがよくあったのですが、このタッピングをやるようになってから、それがかなり軽減されました。

効果には個人差があり、まったく無効な場合などもあって万能ではないようです。しかし、実際に実践してみた人の中には、「一定の確率で一定の効果は確かにある」と考えている人が多いようです。他の療法に比べると、お金や時間があまりかからないので、試してみる価値はあるのではないでしょうか。

ぼくも、もしもう1回強迫性障害が悪化することがあったら、まずは書籍代くらいしかかからなくて簡単に実行できるこのタッピングを最初にやるだろうと思います。

6. 環境調整

環境調整というのは、病気がよくなりやすい環境を整えることです。

直接的な治療ではないのですが、これが本当はとても大事です。

でも、自分だけではできない部分が大きく、なかなか難しいことでもあります。

ぼくの場合は、教員や書店経営を辞めて学校警備の仕事についたのが、ちょうどいい環境調整になりました。自然とのふれあいとか、お金儲けや出世とは違う価値観で生きている人々との交流ができたのが大きかったと思います。

しかし、これは誰にでもできることではなく、家族がいてお金を稼がなくてはいけない立場にいる人が、収入が低い代わりにのんびりとした仕事に転職するわけにはいきません。

立場とか能力・適性などに左右されるのが、この環境調整の特徴であり難しいところだと思います。

7. 自分に合った治療方法を探そう

これまで述べてきた治療法については、「行動療法がかなり多くの場合に有効」「薬物は効く人と効かない人がいる」など、かなり定説になっているようなこともありますが、まだまだ「どんな人にも決定的に効く」という絶対的な方法はありません。

原因についても「遺伝的要因の比率がわりあい高いのかもしれない」ということが推定されていますが、まだ、ハッキリとはわかっていません。

仮に原因が遺伝子だったとしても遺伝子自体を変えることなどできないので、発症した原因を追究して、それに対してアプローチする方法は事実上不可能です。「治らない原因・病気の状態が続いている原因を探す」というやり方ではなく、解決指向（ソリューション・フォーカス）でいくしかありません。

基本的には、いろいろと試してみて有効だと思ったことを続けていくという経験的事実と試行錯誤を重視したやり方で、自分なりに一番やりやすくて有効な方法を見つけて続けていくしかないと思います。

もちろん、最初にやったやり方でうまくいけば、わざわざ他の方法を試す必要はありませんが、とにかく「これで行こう」と思ったことを一定期間実行し、その結果を吟味することが大切です。その際、医者やカウンセラーなどのアドバイスも助けになる場合があると思います。

次の項目で述べますが、医者や本なども、自分に合いそうなものから順番に試していき、自分に合った人やものを見つけましょう。

ぼくは、すでに紹介した薬物療法・行動療法・森田療法・フォーカシング・タッピング・環境調整を「五大治療法＋環境調整」と呼んでいます。単独の場合と組み合わせて使う人がいるだろうと思いますが、現在は、これらのうちのどれかで治すのが一般的だと思います。

もちろん、これら以外の「心の体力をつける」「体の調子を整える」といったことも大切ですが、狭い意味での治療としては、上記の「五大治療法＋環境調整」が中心だと思います。

例えば「行動療法5割・フォーカシング3割・それ以外（心の体力をつけるための読書・楽器の練習など）2割でいこう」とかそういっただいたいの方針を決めるということも、慢性の場合は大切だと思います。

繰り返しになりますが、こういった方針はやっていく中で変わっていってもいいし時々見直した方がいい場合もありますが、一応おおざっぱなものは決めておいた方がいいと思います。

方針は、もちろん人それぞれだと思います。「軽症なので、行動療法だけでやっていればいい」とか「かなり重いので、よさそうなことはなんでも取り入れよう」など、人によっていろいろな方針が考えられます。

また、強迫性障害という病気はうつ病に近い面があります。うつという状態は、「一定の感情状態に固着し、そこから脱出することができない」という、強迫という現象と似通った面を持っています。強迫性障害とうつ病は、両方ともセロトニンという体内物質の調整障害が存在し、薬物療法では、強迫性障害でもこれを補うために抗うつ剤を使います。

強迫性障害よりもうつ病の方が発症率が高く、強迫性障害が約2パーセント、うつ病は20パーセントくらいです。うつ病の方が関係者（患者・家族・医療関係者など）の人数も多く、さまざまな治療法・対処法が提案されています。ですから、うつ病の治療法・対処法でも役に立ちそうなものは取り入れていく、というのも有力な考え方だと思います。

8. 自分に合った医者や本などを探そう

治療法について考えるために必要な情報を持っているのは、人か書物です。インターネットの書き込みがヒントになることもありますが、うのみにしない方がいい場合が多いと思います。

医者については、うまく口コミで評判のいい人を探すことも大切ですが、自分で診察を受けてみて、自分で判断することが一番大切です。

自分でいい判断ができるようになるためには、ある程度の医学・心理学的な知識はあった方がいいと思います。そのためには本を読むことが大切で、例えば『強迫　くもりのち晴れ　ときどき雨』や『強迫性障害―病態と治療』などは参考になるいい本だと思います。

本については、本屋にはあまり強迫性障害の本は置いていないので、ネットで探すことになる場合が多いと思います。グーグルやアマゾンで「強迫性障害」などの言葉で検索するといった方法でいいと思います。

ぼくのおすすめは、本書の他の部分で紹介しているすべての本ですが、特に『実体験に基づく強迫性障害克服の鉄則35』『不安でたまらない人たちへ』『自覚と悟りへの道』の3冊は、これまでにも紹介しましたがまとまっていて読みやすいいい本だと思います。

最初の2冊は、考え方ももちろん書いてありますが、主にやり方・原則など実践的なことが書いてある本なので、書いてあることを実践してみてだいたい治った今は、ごくたまにしか読みません。『自覚と悟りへの道』は最初の2冊と違って、考え方がいろいろと書いてあり、なかなか味があって面白い本なので現在もたまに読み返しています。

これらの本に限らず、本やネットで読むことができる体験記や治療例などの中から参考になったものをきちんと再読できるようにしておいて、何度も繰り返し読むことで、単に情報として知るだけでなく感覚をつかむことが大切です。特に自分にとって役に立つところは、印をつけるなどして、何回も読みましょう。

普段から、強迫観念に対抗するための言葉や考え方によく親しんでおくと、いざ強迫観念に襲われた時にうまくいい言葉が頭に浮かぶようになったり、うまく自分の中で消化しやすくなったりします。ぼくが役に立つと思う言葉の例は、本章の11に書きます。

医者でも本でも言葉でもその他のものでも、主体的に自分にとって必要なものを選んで、自分に合ったやり方でそれらとうまくつきあっていくことが大切です。

9. 距離をとる（間を置く）ことがコツ

ぼくはなんと言っても、これが一番のコツだと思います。

距離というのは心理的な距離のことで、何と距離をとるのかと言うと、「強迫観念が生じたきっかけ」「強迫観念」及び「自分の中の強迫観念を感じている部分」です。「心理的に距離をとる」というのは、自分自身を客観的に見ることと似ていて、そのためには、「空間的距離」または「時間的距離」をとることが大切です。

「空間的に距離をとる」というのは、「強迫観念が生じるきっかけとなった先行刺激が生じた場所から離れる」という方法です。例えば、ゴミを捨てることにこだわりがある場合だったら、「ゴミを捨てた後できるだけ早くゴミ捨て場から離れる」というやり方です。

「時間的に距離をとる」というのは、「なるべく強迫観念とは別のことを考えたり強迫観念とは関係のない行動をしたりして、とにかく強迫行為を行わないで時間が経つのを待つ」という方法です。この方法は、とても一般的かつ効果的で、実践すると効果を実感できる人が多いのではないかと思います。空間的に距離をとる方法も有効ですが、時間的に距離をとる場合のほうが圧倒的に多いと思います。

こうした方法で、強迫観念と「距離がとれてきた」「距離がとれてきている」という感じをつかむことがとても大切です。また、その感じがつかめたら、次も同じ感じをつかめるように、日記などに記録したりして、その感覚を思い出せるようにすることも大切です。

距離をとるためには、「自分の中に○○にこだわっている部分がある」「自分の中に○○を恐れている部分がある」というフォーカシング流の物の見方が役に立ちます。フォーカシングの本には、「距離をとる」ではなく「間を置く」と書いてあったりしますが、ぼくはだいたい同じ意味だと思っています。

10. 自分の原則を決めよう

『実体験に基づく強迫性障害克服の鉄則35』みたいに35個も立てる必要はありませんが、現在の自分の状態にあった原則をいくつか決めておくことが大切です。手帳に書いておくなど簡単に見ることができて情報の紛失が起こりにくい場所に残しておきましょう。紙でもデジタルでも自分の使いやすい方でいいと思います。ぼくはデジタル派で、ｍｉｘｉの日記に非公開で書いているので、いつでも携帯電話で簡単に見ることができます。

ぼくが自分のために作った原則は次の通りです。

①強迫観念が浮かんだら「時間が経てばどうでもよくなる」「だいたい大丈夫ならそれは大丈夫」「侵入思考は気にしない」などの適切な言葉を頭の中で唱えるなどして、とにかく強迫観念と距離をとることを考えよう。

②電車の中などで、目をつぶりこだわり君に「こんにちは。今日はどこにいるんで

すか」などのあいさつをして、どんな姿をしているのか思い浮かべ、言い分をよく聞いて話し合おう。

③現実に困ったことが起きるのでなければ、辻褄の合わないこと、うまく思い出せないことなどがあってもよしとしよう。

④変な縁起かつぎなどをしそうになったら「縁起かつぎに意味はない」と唱えよう。

⑤「4とか13などの数字には、特に意味はない」ということをちゃんと理解しよう。

ぼくは、確認屋兼迷信屋なのでそれに合わせた内容になっています。強迫性障害にもいろいろな症状があるので、それぞれの症状に合った内容を考える必要があります。もちろん『実体験に基づく強迫性障害克服の鉄則35』など本に出ていることも参考になりますが、そっくりそのままではなく、自分が納得できるように、選んだりアレンジしたり作ったりすることが大切です。

11. 言葉を用意しよう

本章の8でもふれましたが、強迫観念に囚われたり、強迫行為を繰り返したくなったりした時に頭に思い浮かべる言葉を、あらかじめ用意しておくとうまくいく場合が多いようです。

ぼくが使っていた言葉を中心に紹介します。

・死ぬわけじゃない
・人類が滅亡するわけじゃない
・（実務的に失敗してもいいから）治療優先
・合理的に考える
・常識的に考える
・体験的・直感的に考える
・ちょっとでも、強迫観念のように思えたら、それは強迫観念である

・なんとなく大丈夫ならそれは大丈夫である
・だいたい大丈夫ならそれは大丈夫
・ちょっとでも大丈夫だと思える時は大丈夫である
・時間が経てばどうでもよくなる（時間が経てば距離がとれてくる。それまで待とう）
・侵入思考、気にせず
・関係念慮、浮かんでも信じず（気にせず）
・死ぬのもよい、生きるのもますますよい
・見切り千両
・たとえ戸締りを確認した回数が4回だったとしても、わたしは大丈夫

第4章やこの章の他の項目と関連の深い言葉が多いので、説明は大幅に省略しますが、こうしてまとめて見てみると、我ながら結構苦労していろいろな言葉を選んだり作ったりして、がんばって治療していたんだなと思います。

この中では、特に「なんとなく大丈夫ならそれは大丈夫である」「（実務的に失敗してもいいから）治療優先」「合理的に考える」「常識的に考える」「時間が経てばどうでもよくなる」の五つをよく使っていました。

一番ひどかった頃に考えたのが「死ぬわけじゃない」「人類が滅亡するわけじゃないんだから（人類が滅亡するわけじゃないんだから）、そんなに神経質に何度も何度も確認しなくてもいいではないか」という意味です。でも、「そうは言っても気になるから、もう一度だけ確認しよう」などと考えて、結局確認地獄に陥ってしまうことがしばしばでした。

そこで出てきたのが、「（実務的に失敗してもいいから）治療優先」という言葉です。「（実務的に失敗してもいいから）治療優先」というのは、「確認が足りなくて失敗するよりも、治療が進まないで困ることの方が、圧倒的に可能性が高い。常識的な範囲内で確認したら治療の方を優先させよう」という意味で、かなりひどかった時期から、かなり治療が進んだ時期まで、ずっと使っていた言葉です。

「時間が経てばどうでもよくなる」という言葉は、「治療優先」と並んでよく使っていました。別のところでも書きましたが、「強迫行為を行わないで時間が経つのを待つ」というのは、この病気の治療ではとても大切なことです。

「死ぬのもよい、生きるのもますますよい」というのは、森田療法の創始者・森田正馬先生の言葉で、第4章で紹介した『自覚と悟りへの道』という本に出ています。なかなか味のあるいい言葉だと思います。

「見切り千両」という言葉は聞きなれない方もいるかもしれませんが、もともとは相場（株の取引など）の格言で「石の上にも三年」の逆の意味です。

ぼくは、「ある程度確認したら、もうそれ以上はいくら確認したって同じことだから、それはもう見切ってしまってやめにした方がいい」という、確認強迫に対抗するための言葉として使っていました。

最後の「たとえ戸締りを確認した回数が4回だったとしても、わたしは大丈夫」ですが、これは、『タッピング入門　シンプルになった〈TFT&EFT〉』という本に「たとえ～としても、わたしはだいじょうぶ。」という構文が出ていたので、それを参考にして作りました。この本は、だいたい治った後で買ったのですが、治ったと言っても、一番ひどい頃を１００とすれば20くらいは症状が残っていて、確かにこの構文を使った文章は、心を落ち着けるのに役に立つということがわかりました。

これらの言い回しはぼくの場合の例ですが、自分の脳や心に合った言葉を考え、それが肝心な時に頭に浮かぶようにすることが大切です。

ぼくは、これらの言葉を思い出すために自分の携帯から自分の携帯にメールするようにしていましたが、手帳に書くとかどこかに書いた紙を貼っておくとか、いくつか方法は考えられます。これも、自分に合ったやり方を見つけましょう。

12．治療というより、学習・自分自身との対話ととらえよう

この病気は、必要なことを自分で実践しないと治りません。

ぼくは「人間の脳にはいろいろな弱点があり、現代のような複雑な社会に追いついていない面があるので、うまい使い方を学習しよう」「うまい心の使い方を身につけよう」という考えで治療・予防に取り組んできました。とらえ方や感じ方は人それぞれだと思いますが、「学習」「自分自身との対話」というとらえ方は、治療に役に立つことが多いと思います。

『不安でたまらない人たちへ』という本には、行動療法のことを「自主的行動療法」と書いてあります。自分でやらなければ治らないから、こういう言葉が出てきたのでしょう。医者やカウンセラー、行動療法士などはあくまでもコーチであって、お金を払ってお任せすればそれで何でもやってくれるわけではありません。

『強迫　くもりのち晴れ　ときどき雨』という本の中にあるインタビュー記事に、森

田療法研究所所長北西憲二氏の発言が出ています。

「自分で自分の問題を背負っていく」ことが最初の治療のステップで、その段階を超えると治療が進んでいきます。（216ページ）

自分で練習するようなことは、多かれ少なかれ自分自身と対話する面があるのですが、この病気の治療にもそういう面があります。

「どうやって自分で練習を継続していくのか」「どうやって自分自身と対話するか」というのが大切なところで、「自分で学習する」「自分自身との対話を重ねていく」という態度が大切です。

「自分の頭や心はどういう性質を持っているのだろうか」ということに興味を持ちながら練習していくとうまくいきやすいと思います。

行動療法やフォーカシングも、自分と自分との対話だと考えることができます。具体的な方法については、次の項目にも書きます。

13. 日記など記録をつけよう

日記をつけるなどの方法で記録をとることは、過去の自分と、未来の自分と、現在の自分との対話に役に立ちます。まず書くことによって現在の自分の状況を確認することができ、現在の自分と未来の自分との対話の準備ができます。そして、読むことによって、過去の自分と現在の自分との対話ができます。

20年くらい前の話ですが、その時の勤務校の校長先生から「記録は力」という言葉を教わりました。これは、いろいろな場面にあてはまる言葉で、もちろん病気の治療にもあてはまります。

また、書くという行為を通じて、いろいろなことを考えることもできます。

記録に関しては、『不安でたまらない人たちへ』に面白いたとえ話がでています。

……記録がなければ、回復への道は「足跡を手で消しながら後ろ向きに砂漠を横断しているのと同じになる。いつまでたっても、スタート地点にいるような気がするだろう」。だいじなのは自らの進歩をあとづけること、行動療法の努力を記録することだ。短く、簡単でいい。うまく書いたり、ていねいだったりする必要はない。（67ページ）

森田療法でも、日記療法という方法が重視されています。森田療法では、体験に根ざした気づきを重視していて、患者自身が自分の経験を観察し日記に書き留めて、それに医者がコメントを加えるという方法がとられています。

囲碁や将棋の上達法で、「自分の対局した実戦譜を家に帰って並べなおしてそれを手帳などに書き、それを強い人の前で並べなおして意見を聞く」という方法がありますが、それに似ています。

ちゃんとした人に日記を見てもらえない場合、自分だけでやるのも、もちろん効果があります。囲碁や将棋で言えば、「自分の実戦譜を自分で並べて、自分で考える」というやり方です。

日記帳などの紙に記録する方法と、クラウドサービスなどを利用するデジタルで記録する方法があります。どちらも一長一短なので自分に合った方法を見つけましょう。

14. 強迫性障害を治すことだけにこだわらず、心の体力をつけることも心がけよう

強迫性障害だけを治すのではなく心の機能を全体的に高めるという考え方も大切です。

「心の体力をつける」と表現することもあり、その方法は、いろいろあります。

1. 童話や子供雑誌（『めばえ』『小学1年生』など）を読んで心を育てなおす。
2. 規則正しい生活を送る。
3. 掃除やボランティア活動など人のためになることをする。
4. 部下や後輩など人を育てる。
5. 琴棋書画のうち自分に合ったものをやってみる。
6. 散歩やスポーツなどをする。

一般向けの心理学の本などに出てくるものを挙げました。

5に出てくる琴棋書画というのは「楽器の演奏をする」「囲碁・将棋をする」「書道をする」「絵を描く」の四つを指します。

ぼくは、第2章に書いたように、発症している時期に囲碁を始め、かなりの期間続けているのですが、それが病気の治療にもいい影響を与えたと思います。

もちろん上記のもの以外にもいろいろな方法があると思います。自分に合った方法を見つけましょう。

15. 強迫行為をやめれば治るが、やめなければ治らない

第4章でも書きましたが、これが一番の大原則です。『原則35』にある言葉だと「④強迫行為を続けている限りは、強迫性障害は治らない」となります。

このことをいかに忘れずに日々の生活を送れるか、というところがとても大切です。一番大切と言っていいかもしれません。

「治療優先」とか「ちょっとでも大丈夫だと思える時は大丈夫である」「時間が経てばどうでもよくなる（時間が経てば距離がとれてくる。それまで待とう）」などの言葉も、この「やめる」ということを実践するためにあります。

この大原則を忘れてはいけません。

16. 治療だけでなく強迫観念との対話・共生も考えよう

完全に治すことができればいいのですが、「完全に治らなくても日常の生活や仕事がちゃんと回ればいい」という考え方もありだと思います。

むしろこちらの方が一般的かもしれません。全然強迫観念がなくて、何者も恐れず生活していたら、その方がある意味危険な感じもします。

その場合、強迫観念（こだわり君）との対話・共生ということが大切になってきます。「強迫性障害者のための生活術・仕事術」という言い方ができるのでしょうか。それぞれの生活や仕事のあり方にあった、「強迫観念とどのようにかかわるか」ということについての「自分なりのフォームをつくる」とか「リズムを知る」とかそういったことが大切です。ぼくの場合だと、「ちょっとくらい人から変だと思われても気にしない」「人よりも仕事に時間がかかっても仕方がないと割り切る」とかそういった考え方を重視しています。

これも、それぞれその人にあった考え方を体験的に身につけることが大切です。

おわりに

強迫性障害の発症率は、先進国ではだいたい2～3パーセントだと言われていて、学校だったら40人学級に1人くらい、会社の場合でも40人規模の支社に1人程度の割合でいると考えられます。

でも、とても発症率が高い病気なのに、病名も実態もあまり知られていません。例えば、ぼくはタクシーに乗るとよく運転手に質問します。

「家の鍵がかかっているかどうか気になって、タクシーで家に帰ってからまた職場に戻るような人はいませんか?」

するとかなり高い確率で「たまにそういう人がいます」という答えが返ってきます。そういう人は、確認強迫という症状を持つ強迫性障害の患者だと考えてほぼ間違いないと思います。

でも、その運転手に「そういう人が、なんという病気なのか知っていますか?」と聞いた時に「強迫性障害」という病名を知っていたことはありませんでした。こちらから「そういう人は強迫性障害という名前の心の病あるいは脳の機能不全なんです」と言うと、「それは知りませんでした」という答えが返ってきました。

これは一つの例ですが、いろいろな場面で周囲の人々に質問してこの病気の知名度を調べてみると、全然知られていないことに驚かされます。

なぜ発症率が高いのに知名度が高くないのでしょうか。それは、平たく言えば「死ぬような病気ではない」からだと思います。この病気が直接の原因で亡くなった人というのをぼくは聞いたことがありません。

また、重症でなければ困難はあるもののなんとか社会生活を送れるので、病気を隠して生活している人や、病気に気づかずに生活している人が多いのだと思います。

この点では、パニック障害といった他の不安障害やうつ病と違います。うつ病は非常に有名ですし、パニック障害も強迫性障害よりはかなり知られているようです。

強迫性障害の患者は、この病気さえうまく治療したり病気と共生する方法を見つけたりすれば、(他の病気・障害などがなければ)十分まともに働くことができます。ぼく自身も症状がかなり改善されて、「病気と共生するための工夫」をすれば普通に教員の仕事ができるようになりました。

ですから、この病気に関する知識が普及し、発症しているのに気づかない人や、気がついていても治療方法についての知識が不足している人が減っていくと、この病気のせいで本来持っている能力が生かせない人も減ると思います。患者の方には、本書も一つの手がかりにしながらうまく自分なりの方法を見つけて、能力を生かせるようになってほしい、と願っています。

それと、知名度の低さが周囲の無理解につながっているケースも多いと思います。強迫性障害の患者は、病気の性質上、どうしても周囲からうっとうしがられたり、人間関係が悪くなったりすることが多いようです。

発症率の高いこの病気において、周囲の人がこの病気の特性を知り、うまく適応できるように協力するようになると、人材活用の面でもかなり状況が改善されると思います。

これらのことに役に立つ本を書きたいと思い、本書を書きました。

本書がこの病気の患者や関係者など、多くの人の役に立てば幸いです。

〈著者プロフィール〉

筒美遼次郎（つつみ・りょうじろう）

東京生まれ。都内の私立大学の大学院修士課程（専攻は教育心理学）修了後、塾・予備校講師を経て高校教諭になるが、強迫性障害を発症し退職。書店を経営した後、学校警備員をしていた時期に強迫性障害の自己治療に成功し、学校に復職。

著書を通して多くの方に、強迫性障害は患者が主体的に取り組めば治る場合も多いことを知ってもらいたいと願う。

趣味は囲碁・海外旅行。

ぼくは強迫性障害

平成28年11月10日第一刷

著　者　筒美遼次郎

発行人　山田有司

発行所　株式会社　彩図社《さいずしゃ》

〒170-0005　東京都豊島区南大塚3-24-4 MTビル
TEL:03-5985-8213
FAX:03-5985-8224

印刷所　新灯印刷株式会社

URL：http://www.saiz.co.jp
https://twitter.com/saiz_sha

 ISBN978-4-8013-0178-8 C0195